Petra C. Melzer

Feenlied II-
Der verwunschene See

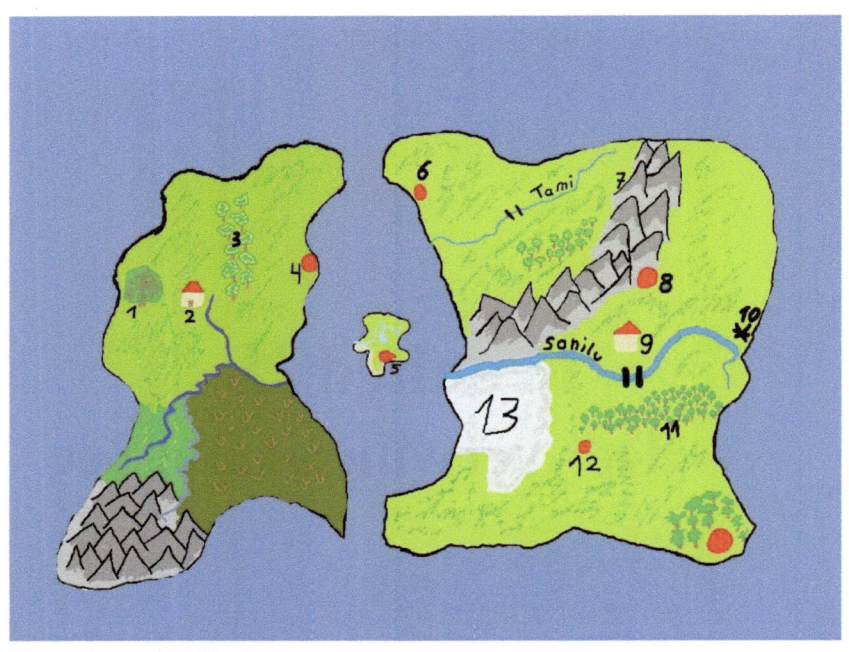

Das Land Mintora

1 Trauerweide, 2 Fenja´s Haus,

3 Knarzwald, 4 Triono, 5 Ganlo, 6 Harina

7 Eigogebirge, 8 Bergstadt, 9 Hütte

10 Trolllager, 11 Fabelwald, 12 Baristox.

13 Einhornland, 14 Minwoodwald,

15 Minwood, 16 Moorlandschaft, 17 Schwarzes Gebirge.

Inhalt

Impressum:

Bibliografische Information der Deutschen Nationalbibliothek: Die Deutsche Nationalbibliothek verzeichnet diese Publikation in der Deutschen Nationalbibliografie; detaillierte bibliografische Daten sind im Internet über dnb.dnb.de abrufbar.

© 2018 Autorin Petra. C. Melzer

Coverdesign: Gabriele Merl (Merli) www.merlimerl.com

Herstellung und Verlag: BoD – Books on Demand, Norderstedt. ISBN: 9783752833799

Mischwesen

Es sind Jahre ins Land gegangen, als Kaja wieder in die Menschenwelt kam. Ihre Adoptiveltern waren schon längst verstorben und Juna war eine alte Frau mit grauen Haaren. 80 Jahre waren für Juna vergangen, für Kaja erst zehn, seitdem sie sich das letzte Mal sahen.

„Du bist so jung, aber ich bin nicht neidisch. Ich habe ein erfülltes Leben geführt und wie du weißt, zwei Mädels bekommen, zwei Enkelkinder und eine Urenkelin. Ich hatte einen Mann, der leider schon vor mir gegangen ist, sowie meine Jüngste. Mir sind nur Elina, Larissa und Talia geblieben", sprach Juna mit einer Stimme, die ihrem Alter entsprach.

„Kaja, ich habe eine Bitte an dich. Madelaine, meine kleine Enkelin hat ein Mädchen bekommen, welches ich groß zog. Mittlerweile bin ich zu alt um mich um ein Teenager zu kümmern. Bitte Kaja nehme Talia mit ins Feenreich", Juna schaute sie so bittend an, dass Kaja fast erschrak.

„Aber Juna, das geht doch nicht! Was sagt deine Enkelin dazu?" Kaja war nicht gewillt, zu glauben, dass Juna, Madelaine ihre Tochter wegnehmen wollte.

„Oh, das weißt du ja gar nicht. Madelaine ist bei der Geburt gestorben. Erst hatte ich gehofft, dass Larissa das Baby nehmen würde, doch Talia machte ihr Angst". Traurigkeit lag in Junas Worten.

„Es tut mir leid mit Madelaine, aber was ist mit Talia, dass Larissa Angst vor ihr hat?" Kaja umarmte Juna, da sie traurig aussah.

„Ach Kaja". Juna holte tief Luft und atmete diese hörbar wieder aus, als ob sie eine Last aus sich heraus pusten würde.

„Talia ist ein Mischwesen. Wenn du sie siehst, wirst du es erkennen, was ich meine. Ich hoffe, du hast Zeit. Sie kommt gleich aus der Schule!"

„Wie alt ist Talia?" Kaja hätte nicht fragen brauchen. Sie schien die Antwort schon zu wissen.

„Sie ist 16, genauso alt wie du, als du ins Feenland gingst und dein Schicksal annahmst!", entgegnete Juna. Ein lauter Knall hallte durch das Haus, es war die Haustür, die ins Schloss fiel.

„Ur-Oma, Ur-Oma bist du da?", rief eine klare weibliche Stimme.

„Ich bin hier Liebes, wir haben Besuch".

Vorsichtig schaute das Mädchen ins Zimmer, blieb aber im Türrahmen stehen. Sie hatte Erfahrung mit Fremden, die sie skeptisch sein ließ. Alle starrten sie immer so an, als ob sie ein Freak sei, doch diese Frau sah sie anders an. Vor Kaja stand ein Mädchen mit hellblauen Augen und kurzem schwarzem Haar. So sah Kaja ebenfalls aus, wenn sie in der Menschenwelt war, nur dass ihre Haare schulterlang waren und nicht so kurz wie Talias.

„Hallo, ich bin Kaja. Deine Ur-Oma sagte mir, dass du was Besonderes bist und wie ich sehe, bist du das in dieser Welt. Für mich siehst du aber normal aus". Kaja schritt langsam auf das Mädchen zu und reichte ihr lächelnd die Hand.

Talia schaute skeptisch, aber sie freute sich. Endlich einmal jemand der nicht gleich Spitzohr zu ihr sagte.

„Wie meinen sie das?", fragte Talia und reichte ebenfalls die Hand hin. Kaja schüttelte zur Begrüßung leicht Talias Hand.

„Da wo ich herkomme, haben alle spitze Ohren. Sogar ich, auch wenn meine längst nicht so bezaubernd sind wie deine". Talia stand der Mund offen. Ihr hatte bisher keiner, außer ihre Ur-Oma gesagt, dass ihre Ohren reizend seien. Alle fanden diese eher scheußlich.

„Woher kommen sie denn?" Thalia blieb misstrauisch.

„Hat dir deine Ur-Oma nie von ihrer Freundin erzählt, die im Feenland lebt?"

„Doch das hat sie, aber ich habe es immer für ein Märchen gehalten".

„Dieses Feenland gibt es, denn ich bin die Freundin, von der deine Ur-Oma sprach."

„Das gibt es doch nicht! Dann sind sie eine Fee?"

„Ja Talia und du bist ebenfalls eine, zumindest zur Hälfte. Dein Vater muß ein Feenmann gewesen sein". Talia senkte traurig den Blick.

„Meine Eltern habe ich leider nicht kennengelernt. Ich weiß nicht, wer mein Vater ist". Kaja schaute fragend zu Juna, die mit über 90 Jahren rüstig war. Jeder hätte sie erst auf Anfang 70 geschätzt. Scheinbar hat Talia sie jung gehalten, körperlich wie geistig.

„Ich habe Talias Vater nie kennengelernt, Madelaine hat nie über ihn gesprochen, obwohl ich sie, während der Schwangerschaft mehrmals nach dem Erzeuger gefragt habe. Sie schaute mich dann immer mit so einem verliebten Blick an. Ich nehme an, dass er nur kurz hier in der Menschenwelt war. Er wird sicher auf Mintora sein. Was meinst du?"

„Das nehme ich an. Wir Feen besuchen ja regelmäßig die Menschenwelt und wenn Talias Vater nicht zurückgegangen wäre, dann hätte er sich sicher um Madelaine und dem Baby gekümmert. Es wäre möglich, dass er gar nicht weiß, dass es Talia gibt. Unsere Feenmänner lassen normalerweise ihre Kinder nicht alleine", versuchte Kaja, zu erklären. Dann wandte sie sich an das Mädchen:

„Was meinst du, wie würdest du es finden, wenn du mit mir nach Mintora kommst? Dort suchen wir nach deinem Vater". Talias wurden Augen groß.

„Was? Aber ich kann Ur-Oma nicht alleine lassen. Sie hat doch nur mich!"

„Das stimmt nicht, Elina und Larissa sind da", entgegnete Juna.

„Ach die, diese Angsthasen!", grinste Talia. Sie gab mit einer abwertenden Handbewegung ihren Worten mehr Ausdruck.

„Und doch, meine Tochter und Enkelin. Talia, ich wäre begeistert, wenn du mit Kaja gehst. Meine Lebenszeit ist bald abgelaufen und ich werde in Frieden sterben können, wenn ich weiß, dass du unter deinem Volk lebst. Ja Talia für mich bist du mehr eine Fee als ein Mensch". Juna hatte einen bittenden Blick.

„Ach Ur-Oma, es fällt so schwer. Wenn das alles stimmt, was du mir erzählt hast, dann werden wir uns nicht wieder sehen". In Talias Augen standen Tränen.

„Weine nicht meine Kleine. Es ist mein letzter Wunsch, denn du mir in Lebzeiten erfüllst".

„Na gut Ur-Oma! Ich werde mit Kaja gehen, da es dein Wunsch ist. Denn hier hält mich sonst nichts." Jetzt liefen bei Talia doch die Tränen und lag in den Armen ihrer Ur-Oma.

„Danke Liebes, es macht mich so glücklich. Ich werde euch zur Trauerweide begleiten".

Juna strahlte und strich ihrer Enkelin über die Haare. Sie verstand Talias Gefühle. Es war schwer, alles zu verlassen oder jemanden weggehen zulassen. So etwas schmerzte, für beide Seiten.

„Oh, wir benutzen nicht das Portal bei der Trauerweide. Wir fahren mit der Bahn nach Hamburg. Dort im Stadtpark ist ein Tor, welches uns direkt nach Minwood bringt", erklärte Kaja.

„Schade, dann wird unser Abschied eben hier auf dem Bahnhof sein. Komm Talia, wir packen deinen Koffer", sagte Juna und erhob sich schwerfällig aus dem Sessel. An Kaja gewandt fragte Talia.

„Ziehen sich die Feen genauso an wie wir hier?"

„Manchmal, den Feen ist die Menschenwelt ja nicht fremd. Ab und an bringen wir uns das eine oder andere Stück mit".

„Wartest du hier unten auf uns?", bat Juna. Kaja nickte und lehnte sich gemütlich in dem Sessel, in dem sie saß, zurück. So verschwanden Talia und Juna und Kaja blieb alleine.

„Hör zu Liebes, ich gebe dich Kaja nur mit, weil ich ihr hundertprozentig vertraue. Sie wird dir die Mutter und die Freundin an deiner Seite sein. Höre auf sie, sie wird dir nie etwas Böses antun. Vertraue ihr". Juna nahm Talia in die Arme. Jetzt flossen bei Juna doch ein paar Tränen.

„Ur-Oma bitte nicht weinen, wenn du traurig bist, dann bleib ich hier".

„Nein, ich bin nicht traurig Kleines. Das sind Tränen der Freude. Ich freue mich für dich, dass dir ein langes glückliches Leben bevorsteht", log Juna. In Wirklichkeit war sie traurig. Dieses wusste Talia, doch sie ließ Juna in dem Glauben, dass sie ihr die Freudentränen glaubte. Nachdem sie mit dem Packen fertig waren, schritten sie langsam zum Bahnhof. Schnell hatten sie die Fahrkarten gekauft und warteten auf den Zug. Keiner sagte ein Wort, jeder hatte mit seinen eigenen Gefühlen zu kämpfen, selbst Kaja war betrübt. So traurig hatte sie Juna nie gesehen, nicht einmal als sie damals fortging. Rauschend fuhr der Zug ein. Es gab eine tränenreiche Verabschiedung. Lange stand Juna noch auf dem Bahnsteig und schaute dem Zug hinterher, obwohl dieser schon längst nicht mehr zu sehen war.

Talia hatte so viele Fragen, die ihr gerne beantwortet wurden. Doch erst fragte Kaja.

„Sag einmal, wusste Juna so gar nichts von deinem Vater?"

„Nein, meine Mutter hatte keinem erzählt, wer er war. Sie hat ihn aber geliebt. Schau diesen Anhänger hat sie mir hinterlassen mit einem Zettel darin". Talia öffnete das Medaillon, welches an einer Kette um ihren Hals hing, nahm einen Stück Papier heraus, das oft gefaltet war, und reichte das Blatt Kaja. Vorsichtig entfaltete sie dieses und sah verwundert auf den Zettel, dass was dort stand, war in Feenschrift geschrieben.

„Das ist sonderbar, diese Schrift wird nicht mehr verwendet. Leider vermag ich das nicht zu lesen, da es ein veralteter Dialekt ist. Es wird schon lange nicht mehr gesprochen geschweige geschrieben. Wir werden erst herausbekommen, was dort steht, wenn sich das einer unserer Gelehrten anschaut", erläuterte Kaja. Beide waren sie etwas enttäuscht. So erzählte Kaja wie es ihr ergangen war, als sie ins Feenland reiste.

„Oh dann bekomme ich blonde Haare?", lächelte Talia.

„Ja, denn hellhaarig, spitze Ohren und unsere wasserblauen Augen zeichnen uns als Feen aus. Manche Menschen halten uns für Elben."

„Ich habe immer gedacht, dass Feen kleine Wesen mit Flügel sind, die von einer Blume zur anderen fliegen", meinte Talia und Kaja lachte.

„Wie du siehst, ich habe keine Flügel und klein bin ich auch nicht". So verging die Zeit schneller, als sie dachten. Schon fuhr der Zug in den Hauptbahnhof von Hamburg ein.

„Uns bringt jetzt ein Bus zum Planetarium", sagte Kaja. Zusammen schritten sie zur Haltestelle. Für Talia war die Großstadt etwas Besonderes, wenn man bedenkt, dass sie selber aus einem Dorf kam. Mit großen Augen schaute sie von links nach rechts. So viele Menschen auf einmal an einem Ort und so hohe Gebäude war sie nicht gewohnt. Sie hatte das Gefühl keine Luft mehr zu bekommen, die Häuser engten sie ein. Nach einer kurzen Busfahrt waren sie beim Stadtpark und dann gleich beim Planetarium. Einige Menschen schlenderten durch den Park, obwohl es schon anfing zu dämmern.

„Leider ist es, erforderlich zu warten, bis alle Menschen weg sind. Da hier das Portal nicht vor anderen Augen geschützt ist", erklärte Kaja.

So setzten sie sich an den Stadtparksee.

„Warum seid ihr damals nicht von hier aus ins Feenland gereist? Das wäre doch ungefährlicher gewesen", fragte Talia und sah dabei über den See.

„Weil dieses Portal nicht aktiviert war". Kaja schaute genauso entspannend über den See.

„Aha und wie aktiviert man so ein Tor? Ist es, nicht gefährlich ein Portal hier zu haben, wo alle Menschen es sehen?" Talia war wie ein Schwamm, die alles aufsaugte, was man ihr erklärte. Sie wollte auch alles wissen.

„So genau vermag ich es dir nicht zu erklären. Wie mir einmal ein Gelehrter erklärte, reist eine Fee oder Feenmann in die Menschenwelt um einen geeigneten Platz für ein Portal zu suchen. Wenn sie eins gefunden haben, wird der Platz markiert, dann kann man es im Feenland aktivieren. So und zum zweiten Teil deiner Frage. Manchmal ist der beste Schutz da, wo alles es sehen."

„Ach so, na wer weiß, wozu es gut war, dass dieses Portal zu deiner Zeit noch nicht gab. Ich freue mich, bald auf Mintora zu sein". Talia lächelte. Sie war etwas aufgeregt, dass es gleich so weit war. Mittlerweile war es total dunkel geworden, als die beiden wieder zum Planetarium spazierten. Sie stellten sich neben dem Planetarium Eingang, Kaja bückte sich und drückte auf einen Stein in der Mauer. Dadurch wurde ein Lichtschein aktiviert und beide waren verschwunden.

<u>Was ist hier nur los?</u>

„Das ist ja magisch", rief Talia, „und du bist hellhaarig! Das steht dir!"

„Danke, dir stehen die blonden Haare aber genauso. Jetzt müssen sie nur noch wachsen, denn eine Kurzhaarfrisur ist unter uns Feen nicht angesagt", meinte Kaja. Talias Augen weiteten sich vor Entsetzen. War sie jetzt vom Regen in die Traufe gekommen? Wird sie hier ebenfalls gemobbt?

Kaja ahnte, was Talia dachte und schmunzelte.

„Hier wird keiner etwas gegen deine kurzen Haare sagen, es ist nur zurzeit nicht modern bei uns. Wer weiß, es ist denkbar, dass du einen neuen Trend setzt. Falls dich einer darauf anspricht, dann sagst du demjenigen eben, dass es der neuste Schrei ist". Jetzt grinste Talia und ihre Augen fingen wieder an zu leuchten.

„Wo sind wir hier?" Sie schaute sich um und erblickte eine wunderschöne Gartenlandschaft.

„Wir sind im Garten des Königshauses!", meinte Kaja, als ob das normal wäre.

„Um Gottes willen, wenn uns die Wachen hier finden, sperren sie uns sicher ein!" Talia schaute ängstlich wie ein Angsthase. Ihr Blick wanderte über die ganze Gartenanlage, ob nicht doch eine Wache auftauchte. Kaja sah sich genötigt, schon wieder zu lachen.

„Es kommen keine Wachen. Dieser Garten gehört zu meinem Haus".

„Oh, dann arbeitest du hier?" Talia war beruhigt und atmete tief durch. Sie hatte gar nicht richtig hingehört, was Kaja Gesagte hatte.

„Na ja, wenn es denn Arbeit ist, wenn man für das Volk da ist!"

Talia runzelte die Stirn. Man sah, dass sie am Überlegen war. Doch dann schien der Groschen gefallen, zu sein.

„Du willst doch nicht damit sagen, dass du die Königin bist?"

„Ja, aber ich fühle mich nicht so, weil ich oft unter dem Feenvolk bin". Talia hatte die Absicht sich zu verbeugen, doch Kaja lies dieses nicht zu.

„Das brauchst du nicht, das haben wir schon lange abgeschafft. Wir, die königliche Familie, sind doch nur Feen wie alle anderen. Warum sollte ein Bauer, der dafür sorgt, dass ich etwas zu essen auf den Tisch bekomme, sich verneigen, nur weil ich die Königin bin. Ich bin der Meinung, ich müsste mich vor dem Volke verneigen, denn ohne ihre tägliche Arbeit würde nichts funktionieren". Talia machte wieder große Augen und nickte zustimmend.

„Komm, wir gehen ins Haus!" Als sie drinnen waren, wunderte sich Kaja. Irgendetwas war anders, Tristan hätte im Thronsaal sein sollen. Heute war er dran sich um die Sorgen und Nöte des Volkes zu kümmern. Doch es war kein einziger da, nicht einmal ihre Berater, die sonst einem zur Seite standen. Sie lief zu ihren Privaträumen und Talia im Schlepptau hinterher. Hier war es ebenso ausgestorben.

„Was ist hier nur los? Wo ist Tristan und wo ist meine Mutter und Falan?", sagte Kaja laut und wurde immer nervöser.

„Bleibe bitte hier, es ist unumgänglich, dass ich Falan suche!" Kaja wartete gar nicht auf eine Antwort, sondern ließ das Mädchen stehen und eilte davon. Talia sah sich um, sie war im Wohnzimmer, das fast so aussah wie bei ihrer Ur-Oma, nur den Fernseher und das Radio vermisste sie. So schaute sie sich weiter im Haus um und fand ein großes Bad, mit Toilette, Waschbecken und einer Badewanne. Was nur fehlte, waren die Wasserhähne und die Toilettenspülung, dafür stand ein Eimer mit Wasser bereit. Vier Schlafräume gab es, wobei eines nicht bewohnt war und ein anders war eher ein Kinderzimmer. In diesem sah sie sich genauer um, in einer verwickelten Ecke saß ein kleines Kind von 6 Jahren, was voller Angst zu ihr hochschaute.

„Hallo, wer bist du denn?", fragte Talia freundlich und lächelte den Jungen an.

„Falan und du?", antwortete er ein wenig skeptisch.

„Ich bin Talia und ich glaube, deine Mutter sucht dich".

Falan seine Augen fingen an zu leuchten. Er lächelte und sprang auf.

„Mama, ist wieder da? Komm, wir laufen zu ihr".

„Ich weiß leider nicht wohin sie gegangen ist, aber sie kommt gleich. Lass uns im Wohnzimmer warten", bat Talia.

„Liest du mir was vor?" Falan liebte es, wenn jemand ihm vorlas, obwohl Kaja ihn immer sagte, er sollte selber lesen, weil dies die beste Übung sei.

„Gerne, wenn du ein Buch für mich hast, woraus ich vorlesen soll." Falan kramte unter seinen Sachen und holte ein Buch hervor. Talia schaute es sich an und schüttelte traurig den Kopf.

„Oh, daraus kann ich dir nicht vorlesen. Diese Sprache kenn ich nicht".

Jetzt schaute Falan sie verwundert an.

„Das ist doch Feenisch, warum kannst du das denn nicht lesen?"

„Weil ich nicht hier aufgewachsen bin. Da wo ich herkomme, kennt man Feenisch nicht".

„Achsooooo, du kommst aus der Menschenwelt. Sag das doch gleich. Da haben wir im Wohnzimmer viele Bücher", sagte Falan und rannte voraus. Für ihn war es nichts Ungewöhnliches. Er wusste von seiner Mutter, dass es die Menschenwelt gab und dass sie sogar ab und an dort zu Besuch war. Die Beiden waren gerade im Wohnzimmer und setzten sich auf das Sofa, da stürmte Kaja herein. Als sie Falan sah, fiel ihr ein Stein vom Herzen. Sie drückte und herzte ihren Sohn überschwänglich. Nachdem sie sich gefasst hatte, fragte sie.

„Weißt du, wo dein Vater und deine Oma sind?"

„Ja, die sind im Verlies. Oma erlaubte es nicht, dass ich Papa folgte, sie sagte nur: Versteck dich in dein Zimmer: Dann ist Oma Papa hinterhergegangen", motzte Falan ein wenig verärgert. Kaja drehte sich zur Tür, um wieder loszutoben, als Kaila und Tristan hereinkamen.

„Was ist hier los?", bestürmte Kaja ihren Gatten gleich.

„Batar ist verschwunden. Wir waren alle auf der Suche nach ihm. Er hatte sicher Hilfe, alleine wäre er niemals in der Lage gewesen aus seiner Zelle zu fliehen", erklärte er.

„Und Falan habt ihr alleine gelassen. Mutter ich hatte ihn dir anvertraut. Was wäre gewesen, wenn Batar unseren Sohn etwas angetan hätte. Ich will mir das gar nicht ausmalen", schimpfte Kaja. Sie war total sauer auf Kaila.

„Beruhige dich mal! Er ist doch hier und unversehrt. Aber sag, wer ist dieses junge Mädchen?", lenkte ihre Mutter ab und hoffte, dass Kajas Unmut verflog.

„Das ist Talia, die Ur-Enkelin von Juna. Sie wird bei uns leben. Wir sind jetzt ihre Familie und ich möchte, dass du sie so behandelst, als wäre sie meine Tochter", erklärte Kaja und schaute ihre Mutter ernst an.

„Herzlich willkommen kleines", sagte Kaila nur. Sie musste sich erst daran gewöhnen, dass jetzt jemand fremdes mit im Haus leben würde.

„Ich verstehe das nicht. Entschuldige Talia. Sie ist eine Fee und Juna ist ein Mensch! Wie geht das?", fragte Tristan und sah dabei von Talia zu Kaja. Er kannte ja Juna, die beste Freundin von seiner Frau. Doch ehe Kaja etwas sagen konnte, entschied Talia, dieses zu erklären.

„Mein Vater ist ein Feenmann. Ich bin ein Mischwesen".

„Aha und hast du auch das geistige Wissen der Feen?", fragte Tristan weiter.

„Das was?" Talia wusste nicht, was er meinte, runzelte ihre Stirn und schüttelte den Kopf.

Seine Hände in die Hüften gestemmt, brummte Tristan und lächelte dabei:

„Ach nee, nicht schon wieder eine Kaja". Talia schaute verstört von einem zum anderen und Kaja lachte.

„Mach nicht so ein verdutztes Gesicht. Ich erkläre es dir. Feen haben die Gabe sich gedankendlich zu unterhalten".

„Ah, so etwas wie Telepathie?" Jetzt sah sie nicht mehr verwirrt, sondern erstaunt aus.

„Ja so in der Art. Du wirst von unseren Lehrern unterwiesen und hast das schnell gelernt. Übermorgen wird es schon losgehen", sagte Kaja.

„Juhu, ich brauche zu Hause nicht mehr alleine üben und der schlechteste bin ich dann nicht mehr!", rief Falan und hüpfte von einem Bein auf das andere. Für Talia war das alles verwirrend.

„So Süße, jetzt gibt es erst einmal etwas zu essen, dann zeige ich dir dein Zimmer". In dem Moment wo Kaja es sagte, merkte sie, dass ihr Magen knurrte. Talia hoffte nur, dass es hier kein Fleisch gab. Sie war Vegetarierin, nur Eier, Milchprodukte und ab und an mal ein Fisch aß sie, so wie Obst und Gemüse. Das Küchenpersonal hatte schon lange Feierabend, so stellte sich Kaja selber in die Küche. Talia schaute ungläubig, eine Königin, die am Herd steht, das fand sie eigenartig.

„Ich würde vom Küchenpersonal niemals fordern, dass sie länger bleiben. Sie haben ebenso eine Familie, um die sie sich kümmern müssen", entgegnete Kaja. Schnell hatte sie alles fertig. Falan und Talia deckten den Tisch und Tristan hatte Kaila Bescheid gesagt. Doch seine Schwiegermutter ließ sich entschuldigen, sie hätte keinen Hunger. Talia war froh das kein Fleisch auf dem Tisch stand. Es gab Rührei, Obst, Salate und Brot. Sie ließ es sich schmecken, dann gähnte

Talia herzhaft, was nach dem Essen nicht zu vermeiden war.

„Ja, ja mit vollen Magen wird man schnell müde. Komm, wir begeben uns zur Ruhe", meinte Kaja. Tristan brachte Falan ins Bett und Kaja zeigte Talia ihr Zimmer. Es war das, welches sie, als das Unbewohnte entdeckt hatte.

„Morgen wird dein Zimmer so, wie du es gerne hättest!", meinte Kaja und Talia nickte nur. Sie war zu müde um deswegen ein großartiges Gespräch zu führen.

„Dann wünsche ich dir eine gute Nacht, träume etwas Schönes", lächelte Kaja und ließ Talia dann alleine.

Als Kaja neben ihrem Mann im Bett lag, meinte sie auf einmal.

„Weißt du was ich mich Frage? Wer hat Batar geholfen und wo ist er hin? Ich hoffe, dass er nach so vielen Jahren nicht wieder seine volle Kraft besitzt".

„Das glaube ich nicht, er zeigte die ganze Zeit keine Veränderung, obwohl du ihm ja ein klein wenig Bewusstsein gelassen hast", entgegnete Tristan.

„Genau das bereitet mir Sorgen", erwiderte Kaja. Man sah ihr an, dass dieses so war.

„Ach Liebes, es wird schon nichts passieren. Mach dir keine Gedanken", versuchte Tristan ihre Befürchtungen, zu vertreiben.

„Das sagt sich leichter, als es ist", murmelte Kaja. Keiner vermochte ihr die Gedanken abzunehmen, sie grübelte. Tristan überlegte, wie er seiner Frau helfen konnte, so fragte er:

„Hat Talia gar keinen Hinweis, wer ihr Vater ist?"

„Doch, das hatte ich jetzt wegen der ganzen Aufregung vergessen. Sie hat ein Medaillon, worin ein Zettel ist, auf dem etwas auf einer alten Feensprache geschrieben ist. Weißt du welcher von unseren Gelehrten dieses Lesen und zu übersetzen versteht? Ich glaube, für Talia wäre es wichtig zu wissen, was darauf steht. Mit Glück sogar der Name ihres Vaters ", erklärte Kaja. Tristan freute sich innerlich, seine Frau war auf anderen Gedanken gekommen.

„Darum kümmere ich mich gleich morgen früh. Jetzt lass uns schlafen, es ist schon spät". Tristan küsste Kaja liebevoll und sie kuschelte sich in seinen Arm. Ihr würde etwas fehlen, wenn es den letzten Kuss des Tags nicht gab. So schliefen sie endlich ein. Doch Kaja hatte eine unruhige Nacht, immer wieder geisterte Batar durch ihre Träume und stets hörte sie den Satz, den er mit verzerrtem Gesicht ihr entgegen schrie.

„Rache für die Jahre, die du mir genommen hast".
Schweiß gebadet wachte Kaja auf. Was war das nur für ein scheußlicher Traum! Was bedeutet das? Ist es eine Vorahnung, auf das, was passieren wird? Fragte Kaja sich. Sie erzählte Tristan nichts von ihrem Traum, er würde sich nur sorgen. Wenn sie meinte, vor ihrem Mann ein Geheimnis zu haben, so hatte sie sich geirrt. Tristan kannte seine Frau besser, als sie dachte. Er bemerkte gleich, dass was nicht stimmte. Besorgt schaute er sie an und fragte:

„Was ist passiert? Dich beschäftigt doch etwas. Versuch gar nicht erst dich raus zu reden. Ich sehe es dir doch an. Was ist los?" Kaja lächelte und atmete hörbar auf.

„Wie gut du mich doch kennst oder hast du gelernt, hinter meine Mauer zu gelangen, ohne dass ich es bemerke?" Sie schaute ihn herausfordernd an.

„Nein mein Schatz, ich sehe es dir nur an. Du kräuselst immer deine Stirn, wenn dich etwas bewegt. Jetzt raus mit der Sprache, du weißt, ich werde nicht eher Ruhe geben, bis du es mir gesagt hast". So erzählte Kaja was sie geträumt hatte.

„Ach Kaja, Batar ist und bleibt ein Seelenloser, vergiss diesen blöden Traum!"

Tristan nahm sie in die Arme, um ihr Sicherheit und Geborgenheit zu geben. So verbannte Kaja den Traum in die hinterste Ecke. Sie versuchte nicht mehr daran denken, denn heute hatte sie etwas anderes vor, was ihr ein Schmunzeln ins Gesicht trieb. Sie freute sich schon auf den Einkaufsbummel mit Talia.

Lehrzeit

Als das Königspaar am Morgen in den Essraum kamen, saßen Talia, Falan und Kaila schon am Tisch und lachten gemeinsam. Sie hatten sich einige Geschichten aus ihrer Kindheit erzählt. Talia hatte es immer für Menschenkenntnis gehalten, dass sie oft wusste, wenn jemand mehr als nur gehässig war oder wenn irgendwer etwas Unrechtes im Sinne hatte. Sie war keine Petze, doch als Klaus die Prüfungslösungen für die Chemiearbeit, aus der Aktentasche von Lehrer klaute. Wünschte sie sich, dass Klaus um diesen herum hüpfen und dabei mit den Lösungen herumwirbeln würde. Man glaubte es kaum, aber in dem Moment, wo der Klassenlehrer ins Zimmer kam, hüpfte Klaus. Falan und Kaila kamen nicht aus dem Lachen heraus, denn Talia passierte in der Menschenwelt immer wieder so etwas, dass das eintrat, was sie sich intensiv wünschte.

„Du hast ja doch Feeneigenschaften", jubelte Falan. Talia schaute ihn verwirrt an.

„Was hat Menschenkenntnis mit Telepathie zu tun?", fragte sie.

„Gar nichts, aber du hast unbewusst diesen Klaus manipuliert. Nur das du fähig warst das auf der Menschenwelt zu tun, ist ungewöhnlich. Normalerweise sind wir nur in der Feenwelt dazu in der Lage. Du bist etwas Besonderes! Das sah ich gestern schon, deswegen hatte ich ein wenig Angst vor dir und war deswegen nicht zum Essen erschienen. Jetzt weiß ich, woran das lag. Verzeih, dass ich so abweisend war. Du bist zwar ungewöhnlich, dennoch eine unwissende kleine Fee. Wir werden dir beiseite stehen. Sei herzlich willkommen bei uns Liebes. Du wirst für uns wie eine Tochter sein". Mit diesen Worten stand Kaila auf und nahm Talia in die Arme. Kaja freute sich über diese Entwicklung. Ihr war es wichtig, dass Talia von allen, als eine von ihrem Volke, anerkannt wurde. Nachdem Frühstück schlurfte Falan missmutig durch den Raum, setzte sich auf den kleinen Hocker und zog seine Schuhe an, um zur Schule zugehen.

„Ich würde lieber mit euch in der Stadt zum Einkaufen gehen. Bitteeeee Mama!"

Falan schaute von unten hoch zu Kaja, hatte dieser Blick doch immer geklappt, wenn er sich etwas wünschte. Innerlich freute er sich schon.

„Falan du weißt genau, dass das nicht möglich ist. Zoliron würde es nicht gerne sehen, wenn du die Schule schwänzt. Du als Prinz hast eine Vorbildfunktion", mahnte Kaja.

„Ach menno. Manchmal ist es, nicht leicht ein Prinz zu sein. Dann werde ich losgehen, bevor ich zu spät komme". Traurig schlurfte er zur Haustür. Nur Hafu, der Hoftel, versuchte Falan aufzumuntern, in dem er vor ihm her sprang. Hafu begleitete Falan immer, wenn er das Haus verließ. Talia schaute dem Hoftel hinterher.

„Was war das denn für ein Puschel?" Jetzt grinsten alle, außer Talia, die ein fragendes Gesicht zierte.

„Das war Hafu, er ist ein Hoftel, so etwas wie unser Wachhund. Ich weiß, er sieht wie ein kleiner Fuchs mit Hasenohren aus, aber er passt auf Falan auf und beschützt ihn", erklärte Kaja. Sie liebte ihren Hoftel.

„So ein kleines Wesen vermag doch keinen zu beschützen. Der ist doch nicht größer als wie ein Hase" Talia schüttelte unwissend den Kopf.

„Hafu ist zwar klein, aber wenn Falan in Gefahr gerät, ist er so groß wie ein Löwe, im wahrsten Sinne des Wortes. Dir werden mit Sicherheit viele andere eigenartige Wesen über den Weg laufen. Mach nie den Fehler, jemals nur ein einziges zu unterschätzen. Manche vermögen mehr als man ihnen ansieht", belehrte Kaja sie. So lernte Talia schon eine Lektion des Lebens aus der Feenwelt.

„Jetzt planen wir, wie Zimmer aussehen soll und was fehlt", sagte Kaja und zog Talia mit sich. Tristan war längst schon unterwegs und Kaila übernahm für heute die Gespräche mit dem Volk. So hatte Kaja den ganzen Tag für ihre Ziehtochter Zeit. Das Zimmer war nicht einladend, Grautöne zierten die Wände. Es gab außer ein Bett, ein Tisch, worauf ein großer Kerzenlüster stand, nichts mehr im Raum.

„Ein Fernseher, Radio oder einen Computer habt ihr nicht, oder?", fragte Talia hoffend.

„Nein so etwas kennen wir hier nicht. Um Musik zu hören, singen und musizieren wir selber. Wie dir sicher schon aufgefallen ist, haben wir hier kein elektrisches Licht. Ich habe mich damals auch erst langsam daran gewöhnt, dass im Feenreich eine andere Lebensart herrscht. Wir sind hier der Natur verbunden, sie vermag nicht ohne uns leben und wir nicht ohne sie. Ich weiß, es hört sich komisch an, aber es ist die bessere Art so miteinander zu sein. Das wirst du auch bald feststellen!" Kaja hatte ein Lächeln im Gesicht, was vielsagend war. Doch Talia hatte das Gefühl, dass Kaja ihr mehr zu erzählen vermag, es aber nicht erstrebte, als ob ein Geheimnis über Mintora herrschte.

„Jetzt lass uns schauen, was du brauchst? Ein Stuhl, ein Schrank, Regale für deine Bücher", zählte Kaja auf. Talia nickte nur. Sie hatte sich das Leben hier anders vorgestellt, eher so wie bei ihrer Ur-Oma mit Fernseher und so. Sie fand, dass die

Feen rückständig waren. Für sie gab es keine Rückkehr, da es in der Menschenwelt niemanden mehr gab, für den es sich lohnte zurückzukehren. Sie wird sich halt an dieses Leben hier gewöhnen müssen. So marschierten sie endlich los. In der Schreinerei gab Kaja die fehlenden Möbelstücke in Arbeit. Der Schreiner versprach, dass alles in fünf Tagen fertig sein würde. Talia staunte, so schnell waren die Menschen nicht. Da dauerte, es manchmal mehrere Wochen, bis ein Schrank fertig war und geliefert wurde.

„Wohin jetzt?", fragte Talia. Da sie sich in Minwood nicht auskannte, waren ihre Augen überall, sie wusste gar nicht, wohin sie zuerst schauen sollte.

„Was hältst du von Gardinen für die Fenster? Wie möchtest du die Wände? Natur belassen oder in Farbe? Was ist mit Pflanzen?" Talia fühlte sich ein bisschen überfordert, an so etwas hatte sie nie denken brauchen. Bis jetzt haben immer andere für sie entschieden und meistens hatte sie nie etwas zu meckern.

„Farbig, das wäre klasse. Gibt es denn bei euch einen Maler?"

„Aber selbstverständlich, es gibt hier jeden Beruf, wie auf der Erde. Bis auf die, die irgendetwas mit Elektrizität zu tun haben. Alle Berufe werden bei uns hoch angesehen und gleich bezahlt, egal was man ausübt. Jeder Einzelne von uns ist für das Überleben und Wohlempfinden der Gemeinschaft wichtig. Feen, die in der Küche hantieren, genauso wie der Bauer, Lehrer oder die Königin. Sämtliche Feen würde die Arbeit einer anderen ausüben, wenn es nötig wäre. Nur so vermeiden wir Neid." Auf Talia prasselten so viele Informationen ein, dass ihr fast schwindlig wurde. Beim Maler suchte sie sich eine gelbe Farbe aus. Es roch hier gar nicht nach Chemie, wie Talia es eher gewohnt war, sondern wie in einem Kräutergarten. Hier verstand sie, was Kaja meinte mit, sie bräuchten die Natur zum Leben.

In der Stadt sah Talia andere Lebewesen außer Feen. Es war Markttag, so waren Gnome, Trolle und Zwerge in Minwood, um ihre Handelswaren feil zuhalten. Die Trolle hatten es ihr angetan, sie sahen so eigenartig aus.

„Starre sie nicht so an, Trolle hassen das!", flüsterte Kaja und Talia senkte den Blick. Es gab so viel zu sehen und zu entdecken, dass Talia gar keinen Gedanken mehr an einen Fernseher oder Ähnliches verschwendete. Vor einem Laden, der Musikinstrumente verkaufte, blieb Talia stehen und bewunderte eine Gitarre im Schaufenster. Auf dem Schild neben dem Instrument stand:

Neuheit, einmaliges Einzelstück, leicht zu lernen.

Talia grinste. Für sie war eine Gitarre nichts Besonderes, aber ihre Augen leuchteten. Kaja bemerkte das und ohne ein Wort zusagen zog sie Talia mit in den Laden und kaufte das Instrument. Mit Freude überreichte Kaja ihr dieses Geschenk. Talia fehlten die Worte, mit großen strahlenden Augen hielt sie die Gitarre in der Hand. Es kam nur ein „Danke" aus ihrem Mund. Kaja hatte ihr unbewusst einen Herzenswunsch erfüllt. Talia hatte zwar auf der Schule Gitarre spielen gelernt, nur vermochte ihre Ur-Oma nie eine zu kaufen, dafür fehlte das Geld. Voller Stolz klimperte sie auf ihrer Gitarre. Jetzt war nur noch ein Teil zu besorgen, dann waren ihre Einkäufe erledigt. Schnell hatten sie die Stoffe gefunden, die das Fenster in ihrem Raum verschönern würde. Als sie wieder zu Hause waren, war der Maler mit den Wänden schon fertig. Ihr Zimmer leuchtete wie ein sonniger Sommertag, dadurch wirkte der Raum größer und freundlicher. Talia fühlte sich wohl und drehte sich um sich selber. Wenn erst die anderen Möbelstücke, Bücher und Blumen in meinem Zimmer sind, dann wäre es perfekt, dachte sie.

Am späten Nachmittag kam Falan nachhause, ebenso Tristan. Er hatte versucht, einen Gelehrten zu finden, der die alte Schrift kannte. Aber leider gab es keinen in Minwood. Dies berichtete er, als sie alle am Tisch saßen und ihren Hunger stillten. Talia war enttäuscht, sie hätte gerne gewusst was auf dem Zettel stand. So faltete sie ihn wieder zusammen und packte ihn zurück ins Medaillon. Die Kette mit dem Anhänger nahm sie nie ab, es war ja das Einzige, was sie von ihrer Mutter hatte. „Sei nicht traurig, es wird der Tag kommen, wo der Zettel sein Geheimnis lüften wird". Kaja nahm Talia in die Arme. Sie hatte das Gefühl, dass ihre Ziehtochter das brauchte.

„Es ist schon gut, ich kann warten", erklang ihre Stimme etwas traurig, doch dann hob sie Stolz den Kopf und sagte:

„Ich hatte 16 Jahre lang keinen Vater und jetzt brauche ich ihn auch nicht!". Nach außen hin war Talia so stark, aber sie war es nicht. Innerlich sehnte sie sich nach ihrem Vater. So verging ein weiterer Tag für Talia auf Mintora.

Am Morgen, Talia lag im Bett, da stürmte Falan herein, riss die Gardinen zur Seite und hüpfte auf ihr Bett.

„Hey Schlafmütze aufstehen, heute fängt die Schule an. Alle meine Freunde sind schon so gespannt auf dich!", rief er so laut, dass Talia sich die Ohren zu hielt.

„Was hast du? Bist du verrückt! Sie starren mich sicher alle an". Talia war verärgert. Werde ich hier das Gleiche durchleben? Doch diesen Spießrutenlauf lasse ich mir nicht mehr gefallen. Wenn die nur ein falsches Wort sagen, drehe ich mich sofort um und marschiere weg, dachte Talia. Nach dem Frühstück wurde sie immer stiller und nervöser, die schlimmsten Gedanken kreisten ihr im Kopf. Doch es kam anders, als sie dachte. An der Schule angekommen, schauten die Feenkinder sie zwar an, aber nicht mit einem verspottenden Blick, sondern interessiert, wer da neues kam. Kein einziges Augenpaar war auf ihre Ohren gerichtet, keiner sagte Spitzohr zu ihr. Sie wurde von den Kindern umringt, die sie gleich mit Fragen überschüttenden. Talia wusste gar nicht, welche sie zuerst beantworten sollte. Diese Entscheidung nahm ihr der Lehrer Zoliron ab, er war genauso gespannt auf den Zugang. Jedes Kind stellte nach einander seine Frage und Talia beantwortete diese in Ruhe, was ihr sichtlichen Spaß bereitete. In den weiteren Stunden lernte sie die Geschichte der Feen und ihre Begabungen. Sie hatte Menschenkunde, was sie verwunderte, im nach hinein war es ihr klar warum. Die Feen wandelten ja zwischen den Welten, nur den Menschen war dieses verboten. Für den Fall, dass jemals ein Erdbewohner hierherkam, wurde ihm nicht erlaubt in seine Welt zurückzukehren. Das war wegen des Zeitablaufes. Wenn in der Feenwelt ein Jahr verging, waren es in der Menschenwelt acht Jahre. Jetzt erkannte Talia das dieses Verbot zu Recht bestand. Endlich hatte sie die erste Stunde im Fach der Telepathie, was sie schnell lernte. Nur das mit der Mauer aufbauen, das fiel ihr am Anfang noch schwerer, wie einst Kaja. Falan bereitete es einen Heidenspaß, denn solange er Talias Mauer zu überwinden vermochte, brachte er es auch fertig, sie zu manipulieren. So hüpfte sie eines Tages nur auf einem Bein von der Schule nachhause, ihr war gar nicht bewusst, dass es nicht ihr eigener Wille war. Talia fand es nur lustig und Falan hatte massenhaften Spaß daran. Kaja ermahnte ihn oft, dass es nicht erlaubt ist jemanden ohne Gefahr im Verzug zu manipulieren.

„Ich weiß Mama, aber es macht doch so enormen Spaß und Talia merkt es gar nicht. Ich würde sie doch niemals so manipulieren das sie sich verletzt", entschuldigend schaute er zu Kaja und Talia. Die beiden vermochten, sein Blick nicht zu widerstehen, und fingen das Lachen an.

„Es ist schon gut Falan, ich werde halt schneller lernen, dass meine Mauer standhält", antwortete Kaja, nachdem sie aufhörte zu Lachen.

Es vergingen viele Monate, Talia wurde immer besser in der Schule. Sie sog alles, was gelehrt wurde auf. Dann kam der Tag, dass Falan ein trauriges Gesicht aufsetzte und Talia fragte:

„Was ist los, warum so traurig?"

„Ich komme nicht mehr durch deine Mauer", schniefte er und Talia fing herzhaft an zu lachen.

„Ach Falan, das war doch abzusehen, dass ich es letztendlich schaffe". Talia war gut in der Schule, doch in einem Fach wurde sie am meisten hervorgehoben vor allen anderen. Das war die

Musik. Nicht, weil sie es verstand, die Gitarre zu spielen, nein, sie hatte eine fantastische Gesangsstimme. Ihre Musiklehrerin Larina war begeistert, wie schnell Talia ein paar Lieder der Feen gelernt hatte. Ihre Stimme gab den Gesangsstücken etwas Einmaliges. So hatte Larina die Lieder bisher nie gehört. Jeder in der Klasse war mucksmäuschenstill, wenn Talia sang. Sie fühlte sich von allen angenommen, ihre Haare waren mittlerweile genauso lang wie bei den meisten Feen, schulterlang. Jetzt gab es keinen Unterschied mehr zu den anderen.

Schattenfell

Das Leben in der Stadt war wie immer quirlig und laut. Doch von einer Sekunde zur anderen wurde es mucksmäuschenstill, so leise das selbst Kaja es im Thronsaal spürte. So schritt sie vor die Tür, um zu schauen, was diese Lautlosigkeit ausgelöst hatte. Was war nur passiert, dass alle Lebewesen in der Stadt so still waren? Kein Laut war zu hören, es war gespenstig. Dann sah Kaja den

Grund und konnte es nicht glauben, was sie da sah. So etwas war noch nie in der ganzen Feengeschichte vorgekommen. Ein Einhorn schleppte sich langsam die Straße entlang, direkt auf sie zu. Kaja kannte dieses Einhorn, es war das Schwarze, welches damals mit ihr beim verwunschenen See gesprochen hatte. Fast schon kraftlos stand das Wesen vor ihr.

„Mein Freund, was ist geschehen, kommt herein. Ihr braucht Hilfe und einen Heiler", sprach Kaja besorgt.

„Ich bin Schattenfell und brauche eure Hilfe!" Das war das, was das Einhorn noch zu sagen vermochte, dann sackte es zusammen. Kaja rief nach einigen Feen, die Schattenfell im Thronsaal auf einen dicken Teppich legten. Der Heiler war mittlerweile da, sowie Talia. Sie setzte sich zu Schattenfell und streichelte über sein Fell, welches nicht mehr seidig und glänzend war, sondern strohig und stumpf.

„Was hat das Einhorn? Es wird doch nicht sterben?", ängstlich schaute sie erst den Heiler an dann zum Einhorn.

„Nein, es ist unsterblich, aber es ist sehr schwach. Es wird einiges durchgemacht haben, so wie es aussieht. Was es jetzt braucht, ist Ruhe, Schlaf und Futter, aber was am wichtigsten wäre das Wasser aus dem verwunschenen See. Leider haben wir keines, dieses hätte ihm gleich wieder auf die Beine geholfen. Es wird sich mit unserem Wasser begnügen müssen. Ich kann nichts für ihn tun". Alle hatten den Worten des Heilers gelauscht. Es blieb ihnen nichts weiter übrig, als zu warten, bis Schattenfell sich erholt hatte. Kaja fragte sich, welche Hilfe Schattenfell von den Feen bräuchte, denn diese Hilfe, die er bekam, war sicher nicht das, was er von ihr erhoffte.

Es vergingen viele Tage. Talia saß jede freie Minute bei Schattenfell und bürstete sein Fell, was täglich immer besser aussah. Ebenso wich Hafu keine Sekunde von Schattenfells Seite. Er vernachlässigte sogar den Schutz von Falan, um bei dem Einhorn zu sein. Wie jeden Morgen, noch vor der Schule, benetzte Talia Schattenfell sein Maul mit Wasser, als sie bemerkte, dass er sie ansah. Talia erschrak, als sie unerwartet eine Stimme in ihrem Kopf hörte. Sie hatte doch ihre Mauer nicht vernachlässigt.

„Danke für die tägliche Pflege. Ich habe es jedes Mal gespürt und danke für die Lieder, die du gesungen hast. Sie gaben wir wieder Mut, dass sich alles zum Guten wendet." Talia wusste nicht, was sie sagen sollte. Sie hatte nur das getan, was ihr das Herz sagte, so nickte sie nur.

Endlich fing Schattenfell an zu fressen. Von Tag zu Tag wurde er stärker. Keiner stellte irgendwelche Fragen, obwohl alle vor Spannung fast platzten. Sie warteten, bis Schattenfell vollständig gesund war. Volle zwei Tage wurden sie auf die Folter gespannt. Dann stand er wieder fest und stolz auf seinen Beinen. Damit alle im Königshaus mitbekamen, was er zu sagen hatte, sprach er laut hörbar für alle.

„Es war eine schwierige Reise zu euch. Wir brauchen eure Hilfe. Der verwunschene See ist verschwunden und mit ihm meine Tochter Olina. Doch nicht nur mein Kind ist weg, alle Einhornkinder verschwanden. Nur ein gigantischer Magier vermag dieses zu bewerkstelligen. Bitte Kaja helft uns, unsere Kinder wieder zu finden. Sie werden weit weg von uns sein, denn wir haben keinen Kontakt mehr zu ihnen und sie haben bestimmt unsägliche Angst. Ich war schon Tage auf der Suche, doch ich finde sie nicht. Bitte helft uns!" Schattenfell schaute sie flehentlich an.

„Natürlich helfe ich, gar keine Frage. Aber gegen Magie vermag ich nichts ausrichten, dafür brauchen wir einen Magier und der einzige Magier, den ich kenne, lebt bei den Zwergen. Wir können nur hoffen, dass er uns hilft.", antwortete Kaja auf Schattenfell seiner Bitte.

„Gibt es denn unter den Feen keinen Magier?", fragte Talia.

„Nein, es ist verpönt, als Fee Magie zu wirken, das haben wir den anderen Völkern überlassen.", entgegnete Tristan.

„Kommt es nicht darauf an, wie und für was man Magie einsetzt? Ich würde das gerne lernen, um zu helfen", wandte Talia ein. Alle schaute sie entsetzt an.

„Du würdest kein redliches Ansehen unter uns Feen genießen, da der Magier bei uns kein Beruf ist", erwiderte Tristan.

„Na toll das ich nur eine halbe Fee bin", grinste Talia und dachte sich ihr Teil.

„Das ist jetzt unwichtig. Wir reisen zu den Zwergen, sie werden keine andere Wahl haben, als uns zu helfen. Ich überbringe die Bitte nach Hilfe persönlich", bestimmte Kaja das vorgehen.

„Das geht nicht, Falan braucht dich hier", wandte Tristan ein.

„Nein Tristan, ich bin verpflichtet das zu erledigen und du wirst bei Falan und unserem Volk bleiben. Bitte verstehe doch, ohne den Rat der Einhörner hätte ich Batar niemals besiegt. Ich stehe in ihrer Schuld, und jetzt habe ich die Chance ihnen zu helfen", Kaja schaute Tristan fest in die Augen, die sie immer noch so liebte. Tristan holte tief Luft, auch wenn es ihm nicht passte, so sah er es doch ein und fügte sich.

„Aber Carion wird dich begleiten, darauf bestehe ich. Er ist ein erfahrener Jäger und Spurenleser", sagte Tristan ernst.

„Und ich werde ebenfalls mitgehen und wenn ihr es nicht erlaubt, dann folge ich heimlich!". Talia stand mit den Händen in den Hüften gestemmt vor Kaja und Tristan. Die beiden waren ja so etwas wie Eltern für sie. Die beiden nickten nur. So war es abgemacht. Carion, Talia, Kaja und Schattenfell würden sich auf den Weg zu den Zwergen machen. Doch noch einer meinte, dass er auf gar keinen Fall zurückgelassen werden durfte. Hafu sprang auf Schattenfells Rücken und blieb dort eingekuschelt in dessen Fell liegen. Jeder der versuchte ihn vom Rücken zunehmen, den knurrte er böse an. Nicht einmal Kaja oder Falan gelangte es. Schattenfell hatte nichts dagegen, dass Hafu sich gemütlich in sein Fell kuschelte. Carion, der nicht das Geringste wusste, wurde zu ihnen ins Königshaus gerufen. Nachdem man ihn unterwiesen hatte, sagte er zu. Ihm war bewusst, dass er der einzige Mann in der Gruppe war und das es an ihm lag, alle zu beschützen.

Den alten Planwagen gab es noch und Kaja schwelgte kurz in Erinnerung. Für sie war es schon so lange her, als sie ihr Abenteuer mit Tristan und Fenja hatte. Jetzt erlebte sie ein weiteres Abenteuer, mit Talia und Carion. So sehr sie sich auch darauf freute, so traurig war sie. Wer wusste schon wie lange sie von Falan und Tristan getrennt sein würde. Ihr war das Herz doch ein wenig schwer, als es losging. Talia und Kaja saßen auf dem Bock und lenkten den Planwagen. Carion ritt auf sein Pferd und Hafu auf Schattenfells Rücken, der stolz nebenher trabte. So verließen sie in der Frühe die Stadt. Sie kamen schnell voran, der Minwoodwald, das Bauerndorf Baristox lagen lange hinter ihnen, als sie vor dem Wald der Fabelwesen hielten.

„Wir nächtigen hier, das ist der Fabelwald. Carion warst du schon einmal dort drinnen?", fragte Kaja.

„Ja, das war ich und habe eine lebhafte Erinnerung an die Baumhüpfer. Leider habe ich die Vermutung, dass sie sich nicht geändert haben und wir mit ihnen Ärger bekommen".

Talia schaute beide fragend an, so erzählte Kaja was sie dort im Wald erlebt hatte.

„Ich würde gerne die Baumhüpfer sehen. Es sind bestimmt außergewöhnliche Wesen, dass sie nur durch ihre bloße Anwesenheit, den Feen Angst einjagen!", meinte Talia.

„Angst einjagen? Nein, nein das haben wir nicht, nur Respekt, doch dieses Mal haben wir es eilig", entgegnete Kaja.

„Die Baumhüpfer werden uns nicht aufhalten", sagte Schattenfell wissend.

„Woher meinst du, dass denn zu wissen?", konterte Kaja.

„Das wirst du schon sehen", kam vom Einhorn etwas beleidigt zurück.

„Entschuldige Schattenfell, ich habe mir zu viel angemaßt". Kaja verneigte sich vor dem Einhorn. Manchmal stieg es ihr zu Kopfe, dass sie die Königin war. Dann dachte sie nicht daran, dass nicht alle Lebewesen von Mintora ihr unterstanden. Schattenfell kannte die Feen, und wusste das diese ab und an zu Überheblichkeit neigten. Kaja hatte ihren Fehler bemerkt, so vergab er ihr. Sie saßen die Nacht lange gemeinsam am Lagerfeuer. Jeder hatte ein wenig etwas zu erzählen. Nur Carion war sonderbar, er war stiller als sonst. Kaja kannte ihn anders, eher redseliger. Er saß da und wenn ihn keiner beobachtete, schaute er verstohlen zu Talia. Er wusste selber nicht, was so speziell an diesem jungen Feenmädchen war. Keiner bemerkte sein Verhalten, nur Kaja sah es. Doch sie sprach ihn nicht darauf an, sie hoffte, dass er von sich aus erzählen würde, warum seine Augen immer wieder auf Talia ruhten.

„Ich glaube, wir begeben uns zur Nachtruhe, schaut, Schattenfell schläft schon", sagte Kaja. So legten sie sich schlafen.

Erste Sonnenstrahlen kitzelten Schattenfell wach.

„Schlafmütze wach auf, der Morgen graut", sagte er sanft. Carion gähnte, stand auf und streckte sich.

„Warum so früh?", fragte er.

„Weil es schon die ersten Anzeichen gibt, dass der verwunschene See verschwunden ist und Eile geboten ist". Schattenfell sah betrübt aus. Was ihn wohl trauriger macht? Das der See fort war oder die Kinder? Oder doch beides? Das fragte sich Carion. Nachdem er die Frauen geweckt hatte, wandte er sich wieder dem Einhorn zu.

„Was für Anzeichen meinst du?" Carion wusste nicht, von was Schattenfell sprach.

„Habt ihr es nicht bemerkt? Ich dachte immer, Feen hätten ein hervorragendes Gehör, dass sie selbst das Gewürm im Boden hören", sprach Schattenfell verwundert. Die drei Feen sahen sich an, aber wussten nicht, was das Einhorn meinte. Gespannt schauten sie ihn an.

„Dann horcht einmal in den Wald hinein!"

Die Drei lauschten, doch sie hörten nicht, rein gar nichts, alles war mucksmäuschenstill.

„Und, hört ihr irgend einen Vogel zwitschern? Um diese Zeit würde der Wald davon erfüllt sein", entgegnete Schattenfell.

„Stimmt! Kein Gezwitscher, aber was hat das mit dem verwunschenen See und den Einhornkindern zu tun?", fragte Talia. Ihre Stirn kräuselte sich.

„Mit den Einhörnern gar nichts, aber mit dem See. Das Wasser des Sees gibt den Vögeln ihre Stimme, je länger der See verschwunden bleibt, umso mehr verlieren sie ihren Gesang. Ihr Feen wisst selber, wie wichtig Melodien für das Feenland sind. Nicht nur ihr braucht die Musik, ebenso die Vögel, ansonsten sterben sie irgendwann vor Gram. Folglich ist Eile geboten", erklärte Schattenfell.

„In Zukunft werden wir gleich, nachdem aufstehen, aufbrechen! Essen können wir später.

Jetzt lasst uns los", kommandierte Carion und scheuchte alle auf.

Sie erstrebten es, noch heute durch den Fabelwald zu kommen, doch Kaja glaubte nicht so recht daran. Sie hatte ja so ihre Erfahrung mit diesem Wald. So begaben sie sich auf den Weg. Talia hatte Carion schnell einen Beutel mit Obst und Brot gereicht. Jetzt vermochte er, wenn der Hunger kam, zu zugreifen ohne vom Pferd abzusteigen.

Nach einiger Zeit sah Talia Bewegung in dem Wald. Sie schaute, ob sie die Hüpfer sah, von denen alle sprachen. Doch auf keinem Baum war ein Lebewesen zu erkennen. Als plötzlich der Planwagen zum Stehen kam, blieb Talia vor erstaunen, der Mund offen. Die Baumhüpfer versperrten den Weg. Kaja sprang vom Wagen und marschierte als erste auf sie zu. Einer der Wesen schnarrte.

„Dich kennen wir doch, du warst schon mal bei uns vor vielen, vielen Jahren. Es wundert mich, dass du wieder hier zu uns kommst, oder hast du vergessen, dass wir niemanden ohne einen wichtigen Grund für uns hierdurch lassen."

Kaja setzte zur Antworten an, als Schattenfell hervortrat. Ein Rascheln und Geschnarre rauschte durch die Baumhüpfer, dann war der Weg frei. Nur dieser eine Hüpfer stand weiterhin auf dem Weg.

„Verzeiht wertes Einhorn, euch und euren Gefährten wird der Weg nicht versperrt. Dafür schätzen und verehren wir das edle Volk zu sehr". Dann gab auch dieser Hüpfer den Weg frei. Kaja vermochte es kaum zu glauben, aber alle Baumhüpfer verschwanden in den Tiefen des Waldes.

„Waren das die Baumhüpfer?", fragte Talia und starrte den Wesen hinterher. Schattenfell nickte und wandte sich an Kaja.

„Ich sagte es euch doch, glaubt ihr mir jetzt verehrte Königin." Schattenfell bereitete es Spaß, Kaja ein wenig zu ärgern, das er und nicht sie Einfluss bei den Hüpfern hatte.

„Ich glaube euch ja Schattenfell. Ihr müsst der König der Pflanzenwesen sein", griente Kaja ihn an. Das Einhorn grinste zufrieden.

„So könnte man es nennen, aber die Hüpfer haben keinen König. Sie verehren und achten uns nur, das ist das ganze Geheimnis. Jetzt lasst uns weiter, es ist ein langer Weg durch den Wald."

Zu den Zwergen

Der Fabelwald war schnell durchquert. Nachdem sie eine Nacht inmitten der offenen Ebenen verbracht hatten, reisten sie direkt auf die Bergstadt zu. Kaja freute sich darauf, Elon und Tala, zu besuchen.

„Ist das wirklich nötig? Dadurch verlieren wir doch nur Zeit", wandte Schattenfell ein. Ihm war das gar nicht recht.

„Sei nicht genervt Schattenfell. Ich habe Elon und Tala solange nicht mehr gesehen. Wir beeilen uns auch. Obwohl ich wenigstens eine Nacht in Bergstadt bleiben würde. Wir wären ausgeruht, wenn wir bei den Zwergen ankommen", meinte

Kaja und sah Schattenfell Verständnis erhaschend an.

„Na meinend wegen, ich werde aber hier draußen vor den Toren warten", gab Schattenfell nach. Der sich abseits der Pfade nieder legte.

„Kommst du alleine zurecht?", fragte Carion besorgt.

„Ich bin ein Einhorn, sieh, dort drüben fließt ein Bach und Gras habe ich hier jede Menge. Seht zu, dass ihr loskommt, umso schneller seit ihr zurück", bat Schattenfell. So fuhren und ritten sie in die Stadt. Zuerst meinte Kaja, sie würde das Haus nicht wieder finden, doch ihr Gefühl leitete sie in die richtige Richtung. Bald standen sie vor Elons Haus. Aufgeregt klopfte sie an die Tür. Es dauerte eine Zeit, bis die Tür sich öffnete.

„Kaja wie schön dich zu sehen". Mit einem strahlenden Gesicht begrüßte er seine Schwägerin und umarmte sie. Suchend schaute er sich um.

„Tristan ist nicht mitgekommen, er hat daheim zu tun. Aber sag, ist es notwendig das ich dir das alles so zwischen Tür und Angel erzähle?". Kaja sah in auffordernd an.

„Oh, Entschuldigung". Elon trat beiseite und bat alle hinein. Er war betrübt, dass er so unaufmerksam war, so geleitete er Kaja und ihr Gefolge in den Garten. Nachdem sie sich alle gesetzt hatten und Elon Getränke verteilte, sah er die Gruppe gespannt an. Kaja stellte Talia vor, die mit offenem Mund vor Elon stand und kein einziges Wort herausbekam. Carion war Elon bekannt. Die beiden begrüßten sich mit einem Handschlag. Überdies erzählte Kaja, was sich zugetragen hatte und ihren Grund der Reise. Doch sie hatte eine Frage auf dem Herzen und sie hoffte, dass Elon die Antwort wüsste.

„Weißt du, was Fenja macht, sie verschwand still und heimlich, nachdem Tristan und ich geheiratet hatten. Hast du etwas von ihr gehört?" Kaja vermisste ihre Freundin, hier aus dem Feenreich. Elon druckste herum, doch der fragende Blick von Kaja erweichte ihn, so sprach er.

„Fenja ist in die Menschenwelt gewechselt. Ich besuchte sie einst und stellte fest, dass meine kleine Schwester schon älter ist, als ich es bin. Ich bat sie, zurück zukommen, doch sie schüttelte nur den Kopf. Sie meinte, ihre Familie sei in der Menschenwelt. Ich habe ihren Gatten und die Kinder kurz kennengelernt und wie es mir schien, ist Fenja zufrieden mit ihren Leben". Eine Träne rollte über seine linke Wange, schnell drehte er sich um und wischte diese fort. Niemand sollte sehen, dass es ihm zu Herzen ging.

„Das hast du mir nie erzählt. Sie ist verheiratet und hat Kinder. Ich hätte sie besucht!" Kaja schupste Elon, sodass er stolperte.

„Fenja bat mich, keinem zu sagen wo sie ist. Frage mich bitte nicht warum. Ich fand sie nur durch Zufall. Irgendetwas ist geschehen, dass sie alles und jeden hinter sich gelassen hat. Selbst mich bat sie, sie nicht wieder aufzusuchen". Beide sahen sich resigniert an. So sehr Kaja grübelte, ihr fiel nichts ein, was Fenja dazu bewogen hatte fortzugehen, sie konnte es, nur akzeptierten.

„Wir sind aber von Thema abgeschweift, dass etwas im Land passiert, habe ich schon bemerkt, dass es so arg ist, habe ich nicht erwartet. Und du meinst, die Zwerge helfen?" Elon war sich da nicht so sicher, was sein Gesichtsausdruck unterstrich, welches Zweifel ausdrückte.

„Ja, denn das Band zwischen den Zwergen und den Feen ist mit den Jahren fest in Freundschaft verbunden. Die Feen haben sich nie geweigert den Zwergen beizustehen, wenn sie denn mal um Hilfe baten, obwohl dieses selten vorkam. Warum sollten sie nicht behilflich sein, wenn wir um Beistand bitten?", plädierte Kaja. Elon lachte auf.

„Ach Kaja, du hast dich kein bisschen verändert. Du siehst alles so positiv und bist so voller Hoffnung. Ich drücke dir fest die Daumen, dass dein Weg nicht umsonst war." Elon war nicht überzeugt, doch erwähnte er es nicht noch einmal. Tala war ganz aus dem Häuschen, als sie Kaja wieder sah. Talia wurde von ihr genauso herzlich aufgenommen, wie einst Kaja. Zu dritt bereiteten sie das Abendessen und erst spät in der Nacht begaben sie sich in ihre Betten. Am nächsten Morgen in der Früh, die Sonne war am Aufgehen, da verabschiedeten sie sich schweren Herzen. Sie saßen wieder auf dem Planwagen, da fragte Talia vorsichtig:

„Kaja, bist du mit Elon verwandt?"

„Ja, Elon ist der Zwillingsbruder von Tristan".

„Deswegen diese große Ähnlichkeit, ich hatte mich schon gewundert. Im ersten Moment dachte ich, dass Tristan die Tür öffnete", meinte Talia. Kaja lachte, es erging ihr einmal genauso.

Schattenfell wartete ungeduldig vor den Toren der Stadt, er hoffte hier endlich weg zukommen. Stets starrten alle ihn mit offenen Mund an, die an ihm vorbei schritten. Obwohl, die Augen der Kinder waren am schönsten. Dieses Strahlen beglückte sein Herz für kurze Zeit. Doch schnell übermannte ihn die Traurigkeit wieder, die Sprösslinge erinnerten ihn an seine Tochter Olina.

„Endlich seid ihr zurück. Bevor wir aber loskönnen, müsst ihr für mich Gras pflücken, damit ich unter dem Berg etwas zu fressen habe", sagte Schattenfell und erwartete, dass die Feen sofort dies erledigten. Doch sie fuhren weiter und das Einhorn hörte von Kaja.

„Schon erledigt! Wir haben in der Stadt alles besorgt, was wir brauchen und dich haben wir nicht vergessen. Von Elon und Tala über bringen wir herzlich Grüße, sie bedauern es dich nicht kennengelernt zu haben. Leider hatten sie Verpflichtungen, dass sie nicht mit zum Stadttor kommen konnten", erklärte Kaja.

„Das lässt sich sicher nachholen. Wenn die Kinder und der See wieder da sind, werde ich nicht mehr in das Land des verwunschenen Sees zurückkehren. Dann habe ich Zeit eure Freunde und Familien zu besuchen", entgegnete Schattenfell in einer schwermütigen Tonlage. Das Einhorn trabte mit gesenkten Kopf neben dem Planwagen her.

„Wie meinst du das Schattenfell?", fragte Talia.

„Wenn ein Einhorn das Land hinter der Nebelwand verlässt, wird ihm nur ein einziges Mal erlaubt zurückkehren, danach ist es für immer verstoßen. Ich habe mich freiwillig gemeldet, um die Kinder zu suchen. Ihnen gestattet man zurückzukehren, da es nicht ihre Schuld war, dass sie nicht mehr zuhause sind. Doch das Leben der Einhörner ändert sich dadurch, inwieweit das sein wird, das vermag ich nicht zu sagen!", erklärte Schattenfell. Für ihn war es eine Ehre, dass man ihm erlaubte sich auf die Suche zu begeben.

Talia und Kaja bemerkten trotz allem seine Traurigkeit, die in der Luft lag und fühlten mit ihm.

„Das ist doch nicht gerecht!", raunte Talia. Ärger bereitete sich in ihr aus. Was man an ihrem Gesichtsausdruck sah.

„Du brauchst nicht begeistert sein, aber so sind unsere Gesetze und an die hat sich jeder zu halten, auch ich!"

„Es ist trotzdem gemein!", trumpfte sie nochmals auf.

„Lass gut sein", flüsterte Kaja ihr zu.

Talia brummte. Sie verstand es nicht. Im Grunde bestrafte man Schattenfell, dass er die Kinder suchte. Für sie war es ein herzloses Gesetz. Sie hätte lange mit ihm darüber streiten können, doch zu einer Lösung, die Talia gefallen würde, wären sie nicht gekommen. So schluckte sie ihren Groll herunter.

Kurze Zeit später kamen sie beim Bergstadttor der Zwerge an. Es hatte sich dort sehr verändert. Früher gab es den Handelsplatz nicht. Jetzt wurde hier ein reger Warenhandel mit Trolle, Gnome und Feen betrieben. Nicht jeder kaufte Waffen, einige brauchten Eggen und Rechen für die Feldarbeit, andere erwarben Schmuck. Kaja, die, die Schmuckstücke sah, griff automatisch zu ihren Anhänger, den sie einst von den Zwergen geschenkt bekam. Talia bewunderte ebenso die Ausstellungsstücke und blieb stehen, sie sah ein besonderes Medaillon.

„Entzückt es euch? Kostet nur 10 Dimas und 50 Dimos?", pries der Zwergenhändler das Medaillon an.

„Es gefällt mir, aber ich habe schon ein Anhänger, schaut, es sieht diesem ähnlich", Sie holte ihr

Amulett hervor. Carion der neben Talia stand, schaute zu ihrem Medaillon und erschrak. Sie bemerkte seine Reaktion nicht, sondern fragte ihn: „Ist die nicht wunderschön, sie sieht doch fast aus wie die dort oder?", schwärmte sie über ihren Anhänger.

„Ja, ja", antwortete er nur und verschwand.

„Das ist eine edle Arbeit, gestattet ihr, dass ich es mir einmal genauer ansehe?", fragte der Zwerg.

Talia hatte nichts dagegen und reichte ihm ihr Medaillon.

„Habe ich es mir doch gedacht! Die hat Meister Brandor gefertigt".

Talia staunte und fragte, während der Händler ihr den Anhänger wieder gab.

„Wisst ihr oder der Meister, wer mein Medaillon gekauft hatte?".

Talia hegte Hoffnung einen Hinweis auf ihren Vater zubekommen.

„Leider nicht und Meister Brandor vermag man nicht mehr zu fragen, er verstarb vor kurzem".

„Oh, das tut mir leid", entgegnete sie etwas geknickt, die Hoffnung war dahin.

„Danke, Brandor war schon alt. Aber möchtet ihr nicht doch dieses Medaillon? Es ist das letzte des Meisters."

„Ich hätte es gerne, aber ich habe kein Geld".

Der Zwerg setzte an, um zu antworten, als Talias Name laut gerufen wurde.

„Es ist mir nicht gestattet, zu verweilen, Aufwiedersehen ", sie nickte dem Händler zu und schritt davon ab. Am Ende des Handelsplatzes standen sie alle am Tor, wo ein Pfad ins Innere des Berges führte.

„Halt hier, ist der Durchgang für Unbefugte verboten", hielt sie ein Wächter auf.

„Das wissen wir. Ich bitte euch, eurem König zu melden, dass Königin Kaja mit ihrem Gefolge eine Audienz begehrt". Kaja stand stolz, aber nicht überheblich vor der Wache. Dieser staunte und verneigte sich leicht, denn erst jetzt erkannte er Kaja, die Königin der Feen.

„Ich werde umgehend jemanden zum König schicken. Bitte habt etwas Geduld und wartet mit eurem Gefolge dort drüben bei unserem Gasthof. Ich suche euch auf, sobald ich Nachricht habe".

Kaja nickte, so schlenderten sie zur Schänke. Der Planwagen und Carions Pferd hatte sie vor den Toren stehen gelassen. Jetzt kümmerte sich Carion darum, dass Tiere und Wagen einen sicheren Platz fanden. Schattenfell, der sich hier vorsichtig bewegte wurde genauso angestarrt, wie schon bei Bergstadt. Es dauerte nicht lange, da kam ein Zwerg lächelnd direkt auf Kaja zu.

„Kaja, du bist es wirklich. Ich wollte es zuerst nicht glauben, als ich hörte, dass die Königin der Feen hier sei".

Kaja schaute den Zwerg erstaunt an, denn sie wusste nicht, wer er war.

„Erkennst du mich nicht, ich bin Zumo", entgegnete der Zwerg.

„Mein Gott Zumo, ich habe dich nicht wieder erkannt. Du bist erwachsen geworden". Kaja freute sich, ein bekanntes Gesicht zu sehen.

„Oh ja das bin ich! Meine Ehefrau wäre sicher nicht glücklich mich als Kind an ihrer Seite zu haben", grinste Zumo sie an. „Doch ihr begehrt eine Audienz beim König, dann kommt!"

„Zumo, wir brauchen erst ein wenig Hilfe, etwas Grass aus unserem Planwagen, muss mit hinunter in die Zwergenstadt oder habt ihr ein Lager mit Gras dort?", bat Kaja.

„Nein haben wir nicht, aber ich werde das gleich anordnen. Ich nehme an, dass das Gras für das Einhorn ist?"

„Ja, tut mir leid, dass ich solche Umstände bereite", sprach Schattenfell.

Zumo starrte ihn verblüfft an.

„Ihr vermögt ja zu sprechen. Wir Zwerge dachten immer, Einhörner wären genauso wie Pferde, ohne Sprache!"

Schattenfell schaute Zumo zornig an.

„Ich bin kein Pferd!", platzte es entrüstet aus Schattenfell heraus und stampfte dabei mit den Hufen auf den Boden.

„Ups, da bin ich in ein Fettnäpfchen getreten. Entschuldigt wertes Einhorn, dass ich aus Unwissenheit was Falsches annahm". Zumo verneigte sich vorsichtshalber vor Schattenfell, nicht das er den König der Einhörner vor sich hatte. Er hatte kein Verlangen danach, noch einmal etwas Unpassendes zu sagen. Wer weiß, was Einhörner alles anrichten, wenn sie ungehalten sind. Über solch ein Fabelwesen wussten die Zwerge zu wenig um es ein zu schätzen. Sie marschierten alle mit Zumo hinunter zur Zwergenstadt. Für Schattenfell war es beschwerlich, er fühlte sich nicht wohl, ihm fehlte das Himmelszelt. Nach einiger Zeit hatten sie es endlich geschafft und standen auf dem großen Marktplatz der Zwergenstadt. Kaja zeigte Schattenfell, das er auch hier den Himmel zu sehen vermochte, welches ihn ein wenig beruhigte.

„Ich würde gerne hierbleiben?", fragend schaute Schattenfell Zumo an.

„Ich wüsste nicht, was dagegen spreche, aber das letzte Wort hat unser König. Doch kommt bitte mit weiter, wunschgemäß führe ich euch alle in den Festsaal", entgegnete Zumo und schritt voran. Kaja kannte diesen großen Raum und folgte Zumo zielsicher. Zu diesem Zeitpunkt wartete Branko auf sie.

„Willkommen verehrte Freundin, schön euch zu sehen, wer gehört zu eurem Gefolge?" Branko sah Talia freundlich an, erst dann wandte sich sein Blick dem Einhorn zu.

„Gleich Branko, sobald der König da ist!", bat Kaja den alten Freund.

„Der ist doch da!", erwiderte er.

Kaja schaute sich suchend um, doch sie sah Kuno, den Zwergenkönig nicht.

„Kaja, ich bin der König. Mein Bruder ist leider verstorben, der Thron ist an mich gegangen, da er keine Nachkommen hatte".

„Oh das wusste ich nicht und es freut mich, dass du König bist. Jetzt zu deiner Frage, dies ist Talia und Schattenfell, Carion kennst du ja schon.

Soviel ich weiß, gibt es unter den Zwergen einen Magier, wir benötigen dringend seine Hilfe", bat Kaja.

Branko begrüßte die anderen und wartete auf die Erklärung, warum sie Hilfe benötigten. So erzählte Kaja ihm alles vom See und den Kindern der Einhörner. Für den König war es eine Selbstverständlichkeit zu helfen, doch ob es für ihren Magier ebenso war, das wusste er nicht.

„Lasst uns Daghat aufsuchen, ich vermag nicht für ihn zu entscheiden. Kommt, ich bringe euch zu ihm". Der Magier hatte seine Felsenwohnung weit oben, fast schon am Vulkanrand. Schattenfell weigerte sich mit hinauf, zu klettern, so blieb er auf dem Marktplatz. Talia schaute ihn verwundert an.

„Was ist los mit dir, du zitterst ja".

„Ich traue mich gar nicht, es zu sagen, ich habe Höhenangst", flüsterte Schattenfell.

„Ach so! Das verstehe ich, es geht wirklich hoch hinauf bis zu diesem Magier. Am besten du wartest hier unten. Später erzählen wir dir alles", meinte Talia verständnisvoll. Die anderen waren schon längst losgegangen. Schnell rannte sie hinterher, fast außer Atem erreichte sie die Gruppe. Der Weg schlängelte sich wie eine Spirale an den Vulkanwänden nach oben. Talia kam aus dem Staunen nicht heraus. Die Zwerge waren Meister im Behauen der Felswände. Jede Felsenhöhle, in die sie hereinschaute, sah sie so glatte Wände, als ob die Felsen poliert seien. Selbst die Wege waren nicht holprig nur leicht angeraut, sodass man einen festen Tritt hatte. Bei der Wohnhöhle von Daghat blieben sie stehen.

„Lasst mich zuerst mit ihm sprechen. Daghat ist etwas schwierig", meinte Branko und verschwand im Eingang. Kaja, Talia und Carion schauten sich nur an. Es dauerte nicht lange, dass Branko wieder da war.

„Daghat empfängt euch, ich werde woanders gebraucht, wir sehen uns später". Branko marschierte davon und lies die drei, alleine vor der Tür des Magiers stehen. Kaja atmete tief durch und schritt hinein.

„Das wird aber Zeit! Braucht ihr immer solange, um einzutreten"? Wurden sie gleich angebrummt.

„Guten Tag", sagte Kaja und Daghat fiel ihr gleich ins Wort.

„Was soll an diesen Tag gut sein? Da stehen drei Feen vor mir, die nichts anderes sagen können, als guten Tag", grummelte Daghat.

„Jetzt ist aber gut, behandelt ihr Besuch immer so? Ihr seid unhöflich. Euer König würde sich schämen, wenn er dieses mitbekommen hätte. Ich dachte, ein Magier hat mehr Ehre und Anstand. Ihr seid nicht der Magier, denn ich suche. Wir wünschen euch nochmals einen guten Tag!". Mit dieser Ansprache wandte sich Kaja ab und beabsichtigte zu gehen.

„Oh, oh die Feenkönigin versteht keinen Spaß", entgegnete Daghat selbstbewusst.

„Ich kann wohl Spaß vertragen, aber euer Benehmen ist einem bärtigen Zwerg, der meint ein Magier zu sein, unwürdig. Wenn ihr euch zu benehmen wisst, lasst es uns wissen. Auf Wiedersehen!" Kaja hatte keine Lust sich so behandeln zulassen. Sie hatte ihren Stolz. So marschierten sie hinaus, ohne sich nochmals umzudrehen. Daghat stand mit offenem Mund da und starrte den Dreien hinterher.

„Was bilden sich diese Feen nur ein! Sie hatten den Wunsch, mit mir zu sprechen und nicht ich", mummelte er.

„Aber was wollten sie jetzt? Branko meinte nur, dass es wichtig sei", stammelte Daghat weiter vor sich her. Er stampfte mit dem Fuß auf und strich über seinen Bart, es ärgerte ihn, dass er voller Neugier war.

„Na gut, ich werde entgegenkommend sein und mir anhören was sie von mir begehren", sagte er zu sich selbst und rannte Kaja und den anderen nach. Erst unten auf dem Marktplatz, bei Schattenfell, hatte er die Feen eingeholt. Es kostete ihn Überwindung, freundlich zu sein, zu ihm war es ja auch keiner.

„Entschuldigt edle Feen, ich vermag nicht aus meiner Haut. Branko meinte, es sei wichtig, dass ich euch anhöre, bitte was ist euer Anliegen?"

Daghat versuchte sogar, ein Lächeln zustande zu bringen.

„So, der Herr Zwerg ist gewillt, uns anzuhören, was für ein wunder", stichelte Carion.

Der Magier knurrte ihn an.

„Schluss jetzt, wir sind doch keine Trolle, die sich gegenseitig bekriegen. Danke Daghat das ihr euch Zeit für uns nehmt. Wir sind auf der Suche nach einem Magier, der uns im Kampf gegen den Bösartigen, der den verwunschenen See und die Einhornkinder verschwinden ließ, zur Seite steht. Wir hofften, dass ihr der Magier seid, der uns helfen wird, denn ich kenne keinen Mächtigeren", schmeichelte Kaja dem Zwerg. Daghat hatte Kaja zugehört, doch jetzt schaute er Schattenfell fragend an.

„Hat sie Recht, dass eure Kinder und der See verschwunden sind?"

„Ja, so ist es. Es war ein machtvoller Magier oder er hatte Hilfe. Die Nebelwand lässt keinen, der was Böses im Sinn hat, ins Land."

Daghat war am Grübeln. Erst Branko, der zur Gruppe kam, holte ihn zurück in das hier und jetzt.

„Wie sieht es aus Daghat? Wirst du helfen?"

Der König sah den Magier bittend an.

„Lasst mir etwas Zeit, ich sage es euch in zwei Tagen, wie ich mich entschieden habe", antwortete Daghat manierlich und verschwand. Branko schaute erstaunt, damit hatte er nicht gerechnet.

„Wie habt ihr das geschafft, dass der Griesgram so umgänglich ist?"

„Ach, ich habe nur so in den Wald rein gerufen, wie es herauskam", grinste Kaja. Mehr erzählte sie nicht, denn sie benötigte das Vertrauen vom Magier. Sie brauchte nichts mehr zu sagen. Branko nickte, er ahnte, wie rüde Daghat gewesen war. Es erfreute ihn, dass Kaja dem Raubein kontra gegeben hatte.

„Was unternehmen wir hier zwei Tage lang?", fragte Schattenfell und sah dabei sehnsüchtig nach oben. Die Sonne war schon am Untergehen, man sah nur einen rötlichen Himmel, die Fackeln wurden entzündet.

„Ihr werdet die Gastfreundschaft der Zwerge kennenlernen. Ich habe angeordnet, dass man euch mit Ehren und Hochachtung zum Gastmahl empfängt. Ebenso gebührt Schattenfell ein Platz an unserer Tafel", sagte Branko.

„Verehrter König, bitte seid mir nicht ungehalten, ich würde am liebsten hierbleiben. Häuser und Höhlen engen mich ein. Um hier ein wenig glücklich zu sein brauche ich den Blick zum Himmel. Darum ersuche ich euch, dass ich hier mein Nachtlager aufschlage".

Schattenfell verneigte sich tief vor Branko.

„Ich werde sofort dafür sorgen, dass das Gras und Heu hierher gebracht wird, damit es euch hier gut geht". Branko vermochte den Wunsch nicht abzuschlagen. So verbrachte Schattenfell die Zeit auf dem Heulager, mit Blick zum Himmel. Schnell war es in der ganzen Stadt verbreitet, dass Feen und ein Fabelwesen unter ihnen sind. Oft kamen Zwergenkinder vorbei und fragten ihn rücksichtsvoll, ob er ein Einhorn sei.

„Ist es das überall so, wo wir hinkommen, dass man mich anstarrt?" Schattenfell hatte sich immer noch nicht daran gewöhnt, dass viele ihn anschauten.

„Sie starren dich doch nicht an, sie schauen nur interessiert. Versetze dich einmal in ihre Lage. Sie haben noch nie ein Einhorn gesehen, eventuell in einem Buch über euch gelesen. Da ist es doch kein Wunder, dass man schaut, ob es dieses Fabeltier gibt. Mir erging es genauso, als ich ins Feenland kam. Für mich entsprangen hier alle Wesen aus einem Buch der Fantasy", versuchte Talia, ihm zu erklären.

„Wenn man es so sieht, hast du Recht. Ich werde es mit Stolz ertragen, dass ich für andere etwas Besonderes bin", erwiderte Schattenfell. Der sich nach dem Gespräch ein wenig besser fühlte. Am zweiten Tag begaben sich Kaja und Carion zu Daghat. Sie klopften an seine Tür, dumpf hallte es in die Höhle und mit einem Knarren öffnete sich die Tür.

„Kommt rein", brummte Daghat.

Kaja schaute sich jetzt um, beim ersten Mal hatte sie dafür ja keine Zeit. Es standen viele Töpfe, Gläser und Karaffen auf den Tischen und den Regalen. Kräuter, Pulver und Ähnliches waren zu sehen. Kaja war erfreut, ein großer Rucksack, der prall gefüllt war, stand bereit für die Abreise.

„Wie mir scheint, habt ihr euch entschlossen uns zu begleiten", sagte Kaja mit einem Lächeln im Gesicht.

„Wie kommt ihr denn darauf?", raunte Daghat sie an.

„Na, wegen des Rucksackes". Kaja deutete mit der Hand in dessen Richtung.

„Ihr müsst nicht glauben, was eure Augen sehen", knurrte Daghat und schaute sie grimmig an. Er schnipste mit den Fingern und sagte:

„Baralo duridanas dariga" und der Sack verschwand vor ihren Augen.

„Können wir gehen?", fragte Daghat und verließ seine Höhle. Kaja und Carion waren so verblüfft über das, was sie sahen oder nicht mehr sahen, dass sie erst einige Sekunden später reagierten.

„Wenn das immer so passiert kommen wir ja erst in Jahren an unser Ziel", raunte Daghat in seinen Bart.

Schattenfell und Talia bekamen einen Schreck und hüpften zur Seite, als ein großer Rucksack neben ihnen, wie aus dem Nichts, auftauchte. Talia mutmaßte, was das zu bedeuten hatte und war gespannt, wie Daghat dieses vollbracht hatte. Das wünsche ich zu lernen, dachte sie sich. Es dauerte nicht lange, da kamen die drei anmarschiert.

„Schön euch zu sehen geschätzter Daghat", begrüßte Schattenfell den Magier. Dieser brummte und nickte nur.

„Habt ihr schon eine Ahnung, wohin unsere Reise geht?", wollte der Magier wissen.

„Leider nicht, soweit haben wir uns keine Gedanken gemacht", entgegnete Carion.

Daghat schaute alle grimmig an.

„Was habt ihr die zwei Tage unternommen, gefressen und gesoffen mit den anderen wie mir scheint. Anstatt sich Gedanken zu machen, aber nein, sowas überlässt man dem Zwerg. Der wird schon wissen, was zu tun ist. Er wird nur Zaubern und alles ist wieder da, wo es hingehört. Habt ihr euch das so gedacht?", polterte Daghat sie an.

Alle zogen sie ihre Köpfe ein, sie hatten wirklich nicht überlegt, wie es weiter vorangehen sollte, so blieben sie stumm vor Daghat stehen.

„So, ihr habt nicht zu sagen. Dieser kleine Zwerg sagt euch, wo die ja so großen Feen keine Ahnung haben, wie es weiter geht. Zum Einhornland, da begeben wir uns hin! Es ist notwendig, dass ich mir alles vor Ort ansehe. Was steht ihr hier herum und haltet maulaffenfeil, kommt", kommandierte Daghat die Gruppe. So marschierten sie wieder zum Bergstadttor, wo Branko und Zumo sie verabschiedete. Zu Kaja sagte Branko, sodass nur sie es hörte:

„Lass dich nicht von Daghat unterkriegen. Auch wenn er oft barsch und rüde ist, tief in seinem Herzen ist er ein gutmütiger Zwerg".

Kaja nickte nur, doch sie war nicht Brankos Meinung, das Daghat friedfertig sein sollte. Sie würde ihn schon ihn in seine Schranken weisen.

Auf zur Hütte

Der Planwagen und die Pferde standen für sie bereit. Daghat blickte entsetzt.

„Ich soll doch nicht etwa auf so ein Tier sitzen. Zwerge reiten nicht", raunte er. Talia sah ihn fragend an.

„Können Zwerge nicht reiten oder habt ihr Angst?"

„Ich und Angst? Zwerge haben vor gar nichts Angst! Ich mag diese Viecher nur nicht, die schmeißen einen nur ab", meckerte er trotzig.

„Keine Bange, ihr braucht nicht auf ein Pferd. Ihr kommt auf den Planwagen zu den Frauen. Wir haben eh kein Reittier für euch", sprach Carion und grinste in sich hinein. Daghat grummelte, das passte ihm nicht, aber laufen ebenso wenig. So biss er in den sauren Apfel und stieg auf den Wagen. So saß er zwischen Talia und Kaja auf dem Bock.

„Meister Daghat vermag jeder das Zaubern zu lernen?" Talia schaute ihn groß an.

„Warum verlangst du das Wissen?", knurrte er ärgerlich.

„Weil ich den Wunsch habe eine Magierin zu werden. Bitte bringe es mir bei, bitttttteeeeee", bettelte Talia.

„Warum sollte ich das?", brummte Daghat sie an. Kann diese Fee mich nicht in Ruhe lassen, Zaubern will das Ding, dachte er und schüttelte den Kopf. Talia deutete das Kopfschütteln als ein nein, doch das wollte sie nicht gelten lassen.

„Ich vermag es und lerne schnell, fragt Kaja, sie wird das bestätigen." Kaja nickte zu Talias Ausführung. Damit sie Ruhe gab, sagte der Zwerg.

„Ich werde darüber nachdenken".

„Das ist doch schon mal etwas. Es ist nicht gleich ein nein". Talia grinste, sie freute sich. Sie wird eine Magierin! Um ihre Freude Ausdruck zu geben, holte Talia ihre Gitarre hervor und spielte eine Melodie aus der Menschenwelt. Daghat betrachtete sie und die Gitarre verwundert an.

„Was ist das für ein Instrument? So eins habe ich nie gesehen. Ich meinte, alle Instrumente dieser Welt zu kennen". Jetzt war es Kaja, die einen verwunderten Blick auf Daghat warf. Sie traute ihm gar nicht zu, dass er irgendein Instrument kannte oder gar zuspielen vermochte, dafür war er doch viel zu mürrisch und zu garstig.

„Du brauchst gar nicht so zu schauen. Ich liebe Musik, sie ist fast wie Magie. Denkt einmal an eure Lieder und Melodien. Bewirken sie nicht, dass alles farbig bleibt im Feenland? Für mich macht die Musik mehr, sie gelangt mir zu Herzen, so sehe ich manchen Tag mit Freuden entgegen." Je länger Daghat sprach, umso entspannter wurde er. Ob es daran lag, dass er sich von den Tönen die Talia spielte, gefangen genommen fühlte, dieses fragte sich Kaja. Sie war genauso erstaunt, dass ein garstiger Zwerg die Musik liebte.

„Jetzt sagt schon, was ist das für ein Instrument und kannst du mir beibringen, wie man es spielt?", Daghat rutschte auf den Bock aufgeregt hin und her. Dabei stupste er jedes Mal mit den Hüften die beiden Frauen an. Sie übergingen diese Berührungen. Talia hörte auf zu spielen und grübelte, sie verzog ihre Stirn. Wer sie nicht kannte, der meinen, dass sie grimmig dreinschaute. Das war nicht so. Sie überlegte nur angestrengt.

„Das ist eine Gitarre und ja ich vermag euch zu zeigen, wie man sie spielt, aber nur, wenn ihr mir die Magie beibringt. Was meint ihr, ein Tag lang lehrt ihr mich und dann lehre ich euch einen Tag, abgemacht?" Talia reichte Daghat die Hand, um ihren Handel perfekt zu machen. Der Zwerg überlegte. Da hat ihn doch diese kleine Fee überrumpelt. Doch er konnte nicht anders, er ergriff Talias Hand.

„Wann fangen wir an?", fragte sie strahlend.

Wenn es nach ihr ginge, könnte es sofort losgehen. Magie zu lernen war sicher weit schwieriger als diese Gitarre zu beherrschen.

„Du hast es aber eilig. Du wirst schon warten bis wir rasten, in Moment komme ich ja nicht an meinen Rucksack. Dort habe ich ein Buch, aus dem ich dir erlaube ein paar Formeln zu lernen. Ich werde dir später zeigen, wie sie anzuwenden sind." Daghat war überhaupt nicht mehr griesgrämig, fast schon liebenswürdig. Das vermochte nur die Musik und das Wissen, dass ihm versprochen wurde ein neues Instrument zu erlernen. So spielte Talia weiter und ab und zu sang sie dazu. Oft waren es Lieder aus der Menschenwelt, da sie nicht viele Feenlieder kannte. Auf einmal fragte Daghat.

„Sag mal, könntest du ein Lied der Zwerge darauf spielen?"

„Wenn ihr es mir vorsingen würdet, kann ich versuchen die Melodie zu spielen", forderte Talia ihn auf das Lied anzustimmen.

Kaja hätte sich am liebsten die Ohren zugehalten. Es hörte sich grausam an, jedenfalls für ihre Ohren.

Stein so fest und hart,
gebrochen wirst du durch Zwergenhand.
Eisen geschmolzen und geschmiedet,
wirst du von Zwergenhand.
Gold gehämmert und gedreht,
wirst du von Zwergenhand.
Ja das ist das, was wir tun von Tag zu Tag.
Ja das ist das, was wir tun von Jahr zu Jahr.
Darum lasst uns singen und trinken nach harter Arbeit.
Hebt das Glas durch Zwergenhand.

Talia hatte schnell die Melodie heraus, so setzte Daghat von neuem an und grölte noch lauter, dieses Mal in Begleitung von Talia. Kaja dachte nur, dass er aufhören möge. Doch diesen Gefallen tat er ihr nicht. Erst als sie Rast einlegten, hörte der Gesang auf. Es war nur eine kurze Rast, denn sie beabsichtigten bis zur Hütte zu kommen, von der Kaja ihnen erzählt hatte. Daghat hatte wie versprochen das Buch aus dem Rucksack geholt. Er schlug es auf und zeigte Talia einige Seiten.

„Alle Formeln sind auswendig zu lernen, wenn du diese hier alle beherrschst, hast du das Grundwissen. Ich werde sehen, ob du eine Begabung für die Magie hast, wenn ja, bauen wir darauf auf", sprach Daghat und schaute sie skeptisch an. Er glaubte nicht daran, dass sie das alles lernen könnte. Er selber hatte Jahre dazu gebraucht. Talia lächelte, sie war glücklich.

So dachte sie das erste Mal nicht mehr an ihre Ur-Oma Juna, die sie manchmal vermisste. Obwohl Kaja für sie da war, war es doch etwas anderes, die Ur-Oma blieb ihre Ur-Oma. Jetzt hatte ihr Kopf Formeln zu lernen. Sie versank völlig in ihre Lektüre. Talia bekam nichts von der Landschaft mit. Genauso, dass die Hütte schon von weitem zu sehen war, der sie näher kamen.

Kaja war gespannt. War die Hütte verlassen oder war sie wieder bewohnt? Langsam hielt Kaja den

Planwagen vor der Hütte an. Carion schaute zuerst ins Haus, er kontrollierte, ob es auch sicher darinnen war. Für Kaja kam es so vor, dass Carion Stunden im Haus verbrachte, als er mit einer Feenfrau herauskam.

„Es ist alles in Ordnung. Wir bleiben hier!", sagte er und deutete, dass sie ins Haus kommen sollten. Kaja und Talia sahen die Frau, die älter als Kaja war, skeptisch an. Kaja hatte das Gefühl, dass sie diese Frau kennen würde, dass konnte aber nicht sein, sie würde sich an sie erinnern.

„Hallo ich bin Sheila und wer seid ihr?" Kaja stellte alle und sich vor. Doch als sie ihren Namen nannte, huschte ein kurzes Erstaunen über Sheilas Gesicht. Keiner bemerkte diese Reaktion, nur Talia hatte für so etwas ein Gespür.

So nahm sie gedankendlich Kontakt zu Kaja auf.

„Talia: *Sie scheint dich zu kennen*".

Kaja sah Talia erstaunt an und grübelte.

„Sagt Sheila, sollten wir uns kennen?", fragte Kaja direkt. Doch ehe Sheila zu antworten vermochte, brummte Daghat dazwischen.

„Unterhalten sich Feen bei solchen Fragen nicht gedankendlich?"

„Nein meist nur bei Gefahr für Leib und Leben", entgegnete Kaja und schaute Daghat ungehalten an. Sie mochte es gar nicht, wenn andere sich in eine Unterhaltung einmischten, wenn diese nicht wussten, um was es ging. Daghat hatte den Blick verstanden und stampfte, irgendetwas in seinen Bart grummeln, hinaus.

„Nein, wir kennen uns nicht und doch habe ich das Gefühl schon lange mit dir vertraut zu sein. Fenja hat mir so viel von dir erzählt", sagte Sheila, die ebenfalls Daghat einen empörten Blick zugeworfen hatte.

„Woher kennst du Fenja?" Kaja sah verdattert aus. Sie hätte nie gedacht einmal wieder etwas von Fenja zuhören, so sah sie gespannt in Sheilas Augen.

„Fenja ist meine Schwester. Kurz bevor sie in die Menschenwelt entschwand, vermachte sie mir ihr Haus. Sie wusste, dass ich schon immer gerne bei ihr war. Da mein Gatte leider verstarb, freute ich mich, endlich von den schwarzen Bergen und dem Sumpfland wegzukommen", erklärte Sheila.

„Dann bist du ja meine Schwägerin. Wenn ich drüber nachdenke, hatte Tristan dich einmal kurz erwähnt. Sei aber bitte nicht böse, wenn ich dich bitten muss einmal anzuklopfen", bat Kaja und lächelte. So formten sich folgende Worte in Kajas Kopf.

„Sheila: *Ja ich bin deine Schwägerin*".

Da nichts passierte, nachdem Kaja ihre Mauer sinken ließ um Sheila hineinzulassen, wusste sie das Sheila, wirklich Sheila war. Es war nur eine Vorsichtsmaßnahme, sie hätte ein Scherge von diesem Zauberer sein können, die sich als Sheila ausgab. Jetzt nahm Sheila ihre Schwägerin in die Arme und herzte sie.

„Warum bist du nicht zu unserer Hochzeit gekommen? Hat Tristan dir gar keine Einladung geschickt?", fragte Kaja.

Ihr war wieder eingefallen, dass Tristan ein zweites Mal von Sheila sprach. Das war, als sie am Überlegen waren, wer alles zu ihrer Hochzeit eingeladen werden sollte. Jetzt fiel Kaja auch die Ähnlichkeit auf, die Sheila mit Fenja hatte. Deswegen hatte sie dieses Gefühl des Kennens gehabt.

„Doch, doch, ich wäre so gerne gekommen. Die Reise zu euch hätte mich nicht gestört, aber mein Gatte war zu der Zeit schwer erkrankt. Eine Steinlawine in den Bergen hatte seine Beine zertrümmert und eine Kopfverletzung zugefügt. So konnte ich nicht Reisen, als er starb, fiel ich in ein tiefes Loch der Trauer. Erst jetzt bin ich wieder so weit, dass ich unter Leute gehen kann. Wenn damals Fenja mich nicht besucht hätte, wäre ich immer in dieser Lage der Trauer. Doch sie nahm mich mit zu sich und päppelte mich wieder auf. Jetzt war mein erstes Ziel, zu meinem Bruder Tristan und seiner Königin zu reisen", Sheila lächelte sie mit strahlenden Augen an.

„Wenn du magst, kannst du ein Stück mit uns fahren, auf jeden Fall durch den Fabelwald. Dann werden sich die Wege trennen, denn unsere Reise führt noch nicht nach Minwood", meinte Kaja und ein sehnsüchtiger Ton schwang in ihren Worten mit. Dieses Angebot nahm Sheila herzlich gerne an. Nun schaute sich Kaja in der Hütte genau um. Es war hier vieles hergerichtet worden, es standen mehrere Betten im Raum, wenigstens acht Schlafgelegenheiten waren vorhanden. Der Kamin war erneuert. An einem, der Schränke im Küchenbereich, hing ein Zettel, worauf zu lesen war.

Liebe Gäste, fühlt euch wie zuhause. Bitte macht nicht kaputt. Wenn ihr etwas von den Nahrungsmitteln herausnehmt, tragt dieses bitte in die Liste ein. Herzlichen Dank

Mittlerweile brannte ein wärmendes Feuer. Die Feenfrauen saßen am Tisch, Carion und Daghat kümmerten sich um die Pferde. Schattenfell zog es vor, draußen zu bleiben. Er war froh, kein Dach über dem Kopf haben zu. Sheila hatte bis jetzt Schattenfell nicht gesehen, er hatte sich hinter dem Planwagen versteckt und später hatte er sich an die Windgeschützen Seite des Hauses verzogen, hier sah sie ihn ebenfalls nicht. Nachdem Carion und Daghat hereinkamen, deckten die drei Frauen den Tisch. Sie hatten sogar Fleisch für den Zwerg gefunden, so hatte jeder, was er am liebsten aß.

„Du Talia, wenn du am Lernen bist, wirst du ja keine Gitarre spielen. Würdest du bitte mir etwas zeigen, dass ich üben kann?", fragte Daghat, in einer liebreizenden Tonlage, die zu diesem Zwerg gar nicht passte. Talia zeigte ihm ein paar Griffe. Kaja schwante nichts Gutes. So klimperte Daghat immer wieder den einen Ton, der ihm mehr schlecht als recht gelang. Der Zwerg war von sich selbst überzeugt, dass er, trotz seiner dicken Fingern, wenigstens ab und zu den Ton traf. Doch Kaja fand es nur grausam, jetzt wurden sie genötigt jenes Geklimper zu ertragen. Auf der einen Seite murmelte Talia Worte vor sich her und auf der anderen Seite die grausamen Töne der Gitarre von Daghat, es war kaum auszuhalten. Als sie schlafen wollten, entriss man Daghat die

Gitarre fast mit Gewalt. Dieser knurrte grimmig. Er hatte dafür so gar kein Verständnis, dass er nicht mehr üben durfte.

Am Morgen griff Daghat gleich weiter zur Gitarre. Doch Kaja hatte rigoros etwas dagegen. Sie verbat dem Zwerg, während der Reise auf dem Planwagen zu üben.

„Banause", brummte er sie an und schmollte. Aus seiner Enttäuschung heraus motzte er Talia an.

„Und schon was gelernt?" Sie überhörte seinen barschen Ton.

„Es ist schwerer, als ich dachte. Diese Worte sind nicht leicht zu lernen. Es ist aber wie bei dir, Übung macht den Meister." Das war genau das Falsche, was sie sagen konnte.

„Du kannst ja üben, ich nicht", raunte er sie an und verzog sich schmollend ins Innere des Planwagens zu Sheila.

Mittlerweile hatte Sheila das Einhorn kennengelernt. Doch sie war nicht erstaunt, wie die meisten. Auch dieses Mal fiel es keinem auf, nur Talia schaute sie nur kurz verdutzt an. Zur

Mittagsstunden erreichten sie den Fabelwald. Schattenfell trabte allen voran, so wurden sie nicht von den Baumhüpfern aufgehalten. Sie zeigten sich nicht einmal. Der Wald war gespenstisch, weil kein einziger Vogel am Singen war, selbst das Rascheln von den Baumhüpfern, war nicht zu hören. Erst spät in der Nacht waren sie aus dem Wald. Kaja hatte das Gefühl, dass der Fabelwald sich jedes Mal änderte und sich ausbreitete. Carion hatte schnell totes Holz gesammelt, Talia sollte zeigen, ob sie schon etwas gelernt hatte. Daghat erklärte ihr, wie sie die Formel für Feuer anzünden sprechen musste. So stand sie vor dem kleinen Holzstapel und sprach leise mit stotternde Stimme.

„fffiera agera bbbbbanuri"

Nur kurz war ein Flämmchen zusehen, dann war es wieder erloschen. Daghat schaute sie garstig an.

„Streng dich an und lass dieses Gestotter. Konzentriere dich auf das Holz", forderte er. Talia blickte ihn etwas ängstlich an. Sie wusste, sie musste es schaffen, damit Daghat sie weiter unterrichten würde. So stellte sie sich nochmals ihrer Aufgabe.

„Fiera agera banuri"

Sprach sie mit fester und ernster Stimme.
Sie traute sich gar nicht, hinzuschauen, aber der Holzstapel brannte.
„Ich habe es geschafft, schaut, es brennt", jubelte Talia und freute sich über ihren Erfolg.
„Das war nichts Besonderes, mach mal halblang", knurrte Daghat. Doch in seinem inneren war er stolz auf Talia, dass sie die Formel so schnell beherrschte. Er hatte damals mehrere Tage dazu gebraucht. Jetzt gestand er es sich zu, dass Talia das Talent zu einer Magierin hatte.
Dem Zwerg erlaubte man für eine kurze Zeit, zu üben, welches sich nicht verbesserte. Ihm wollte

kein Ton gelingen, meistens drückte er zwei Saiten herunter oder er schlug die Gitarrensaite nicht richtig an. Talia konnte es nicht mit ansehen. Daghat wurde immer knurriger:

„Warum gelingt es nicht?" Er grollte mit sich selber.

„Hier habe ich was für dich". Talia hielt Daghat ein Plektron unter die Nase.

„Was ist das?", raunte er. Der Zwerg wendete das Plättchen von links nach rechts und wusste nichts damit anzufangen.

„Das ist ein Plektron, es erleichtert einem das Anschlagen der Saiten", erklärte Talia.

„So was brauche ich nicht", brummte er etwas beleidigt. Sie übersah, wieder einmal seine knurrige Art und grinste nur. Das Plektron verschwand in seiner Hosentasche. Daghat versuchte es ohne Erfolg weiter, um dann doch frustriert das Instrument aus der Hand zulegen.

Das Einhornland im Nebelmeer

„Hier trennen sich unsere Wege. Bitte drücke Falan und Tristan fest und gebe beiden einen Kuss von mir. Sag ihnen, dass ich sie vermisse", bat Kaja ihre Schwägerin.

„Das mache ich von Herzen gerne. Schade, dass die gemeinsame Reise hier endet. Ich hätte dich weiter begleitet, aber das geht wohl nicht. Es kommt ja nicht so oft vor, dass man mit der Königin reist", lächelte Sheila.

„Oh, hier draußen bin ich nicht die Königin, sondern nur Kaja", lächelte sie zurück. Kaja hatte Sheila genauso lieb gewonnen wie einst Fenja. So ging jeder seine Wege. Kaja mit ihrem Gefolge in Richtung des Einhornlands zum verwunschenen See und Sheila auf Schustersrappen nach Minwood.

Schnell waren sie vor der Nebelwand, der das Land der Einhörner und des Sees verbarg.

„Ich werde hier bleiben, ihr wisst, warum!", sagte Schattenfell und legte sich neben dem Planwagen nieder. Kaja freute sich, wieder ins Einhornland

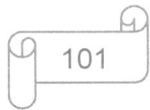

zu kommen, nur der Anlass war halt nicht so angenehm. Die Nebelwand hielt sie nicht auf, denn sie hatte ja nichts Böses im Sinn. Was Kaja zu sehen bekam, trieb ihr Tränen in die Augen. Es war kein See da, erst jetzt wurde es für sie real. Ins geheim hatte sie gehofft, dass Schattenfell sie belogen hätte. Es war wahr, was er sagte. Da wo eins der See war, war nur ein großes schwarzes, ausgetrocknetes Loch. Daghat stellte sich an den Rand und murmelte einige Formeln. Doch nichts passierte, der See blieb verschwunden und mit ihm die Kinder der Einhörner.

„Eins kann ich jetzt schon sagen, dass hier ein Magier am Werke war, den ich nicht kenne". Alle schauten ihn fragend an, was das zu bedeuten hatte.

„Jeder Magier hinterlässt eine Spur, an der man erkennt, welcher Magier Magie eingesetzt hat. Die Spur ist mir neu, ich vermag, sie keinen mir bekannten Magier zu zuordnen. Diesen Zauber erlange ich nicht zu brechen, solange der Magier am Leben ist", erklärte Daghat.

„Das heißt, wir müssen den Magier finden und ihn töten. Ich hatte so gehofft, dass du diesen Zauber hier brechen könntest", seufzte Kaja.

„Tut mir leid, dass schaffe ich nicht", grummelte Daghat.

„Und was machen wir jetzt?", wollte Carion wissen.

Er schaute alle an und bei jedem sah er nur Ratlosigkeit.

„Lasst uns zurück zu Schattenfell, vielleicht hat er eine Idee, wo wir mit der Suche nach diesem Magier anfangen sollten", meinte Talia. Kaja hatte gehofft, mit einen der anderen Einhörner reden zu können, doch es ließ sich keines sehen.

Da Schattenfell keine Ahnung hatte, beschlossen sie nach Minwood, zurückzukehren. So machten sie sich auf den Weg. Niemand sagte irgendetwas, selbst Talia schaute nicht in das Zauberbuch, alle waren sie betrübt. Kaja hatte sie nach Baristox geführt. Hier baten sie die Bauersleute um eine Unterkunft für die Nacht. Die Bauersfrau lachte.

„Heute scheint der Tag der Gäste zu sein. Es nächtigt schon eine Frau bei uns. Sie wird sicher nichts dagegen haben, wenn ihr mit in der Scheune schlaft".

Kaja ahnte, wer diese Frau war und freute sich innerlich. Ja, es war Sheila, die verschlafen aus einem Strohhaufen, hervor schaute, um zu sehen, wer sie da weckte.

„Scheinbar habt ihr euren Abstecher schneller erledigt, als ihr dachtet. Mich freut das, so brauche ich nicht auf Schusterrappen weiter reisen", grinste Sheila, hauptsächlich Kaja an. Alle suchten sich auf dem Strohlager einen Platz. So waren sie wieder vereint und würden am nächsten Tag gemeinsam nach Minwood reisen.

Die Bauersfrau wollte noch wissen, ob irgendetwas gebraucht wird. Alle verneinten und schüttelten zur Unterstützung den Kopf.

Schattenfell fand unterhalb der Freunde in einer Box sein Nachtlager. Die Bauersfrau schritt ehrfürchtig auf das Fabeltier zu.

„Edles Einhorn, ich traue mich kaum, zu fragen, aber gestattet ihr mir, dass ich über euer Fell streiche? Bei uns sagt man, dass es Glück bringt". Sie sah Schattenfell bittend an. Dieser nickte und die Bauersfrau streichelte ihn vorsichtig über seine schwarze Mähne, dabei löste sich ein Haar, welches in ihrer Hand hängen blieb.

„Ich danke euch". Sagte sie und hielt ehrfürchtig das Einhornhaar an ihre Brust. Was das Haar für sie bedeutete, erklärte sie nicht, man vermochte es nur zu ahnen, so sehr strahlte die Bäuerin vor Glückseligkeit.

„Stimmt das, dass es Glück bringt?", fragte Schattenfell, dabei streckte er sein Kopf so hoch, in der Hoffnung, dass er auf den Strohboden sehen könnte. Das war aber nicht möglich, Carion hatten seine Frage aber gehört.

„Die Bauersleute glauben das. Sie meinen wenn man es schafft einen von eurer Art zu streicheln, wird die Ernte reichen Ertrag bringen", erklärte Carion.

„Ah, es ist etwas Gutes". Schattenfell sein Gesichtsausdruck änderte sich. Es sah fast so aus, als ob er lächeln würde. So schliefen er und die anderen ein.

Jetzt war es, nur noch eine Tagesreise bis sie vor den Toren von Minwood standen. Kaja war aufgeregt, sie hatte mit Sheila besprochen, dass sie Tristan überraschen wollten.

Wieder in Minwood

Kaja wurde gleich von Falan und Tristan bestürmt. Kaila musste etwas warten, bis sie ihre Tochter in die Arme nehmen konnte. Sie war so froh, dass ihre Tochter wohlbehalten, zurückgekehrt war.

„Ich habe eine Überraschung für dich mein Liebster". Kaja grinste ihn herausfordernd an. Tristan hatte keine Vorstellung, mit was sie ihn zu überraschen vermochte. So fiel er aus allen Wolken, nachdem seine Schwester die privaten Räume betrat.

„Sheila, was machst du denn hier? Ich freue mich dich, zu sehen. Wie geht es dir?", sprudelte es aus Tristan heraus und drehte dabei seine Schwester rundherum.

„Du machst mich ja ganz schwindelig, liebster Bruder", sagte Sheila und drückte Tristan an ihre Brust.

„Wer ist das, Mama?" Falan schaute mit großen Augen auf die unbekannte Frau.

„Das ist Sheila, die älteste Schwester von Papa, somit ist sie deine Tante", erklärte Kaja. Daghat der hinter Sheila ins Zimmer kam, hielt sich zurück, er wollte das Familiäre zusammentreffen nicht stören. Doch Falan bemerkte den Zwerg und tapste auf ihn zu.

„Und wer bist du?" Falan war genauso groß wie Daghat, daher dachte er, der Zwerg würde ein Kind sein. Daghat wollte erst lospoltern, wie es Zwergenart war, doch er überlegte es sich anders. Er war hier ja nicht zuhause und scheinbar war es hier nicht ungewöhnlich, dass Kinder Fragen stellten. So antwortete er mit freundliche Stimme.

„Mein Name ist Daghat, der Magier und wer bist du?"

Falan merkte, dass dieser Zwerg doch kein Kind war, so antwortete er brav.

„Falan werde ich gerufen. Haben alle Zwerge so einen Bart?"

„Du bist wissbegierig, wie mir scheint. Ja jeder männliche Zwerg, der was auf sich hält, hat einen Bart". Er hatte Mühe freundlich zu bleiben und war erleichtert, dass Kaja ihren Sohn zu sich rief. Falan musste ins Bett.

„Ach Mama, ich bin gar nicht müde". Kaja schaute ihren Sohn an und lachte.

„Unsere Gäste sind morgen auch noch da, ab mit dir ins Bett". Falan schlurfte missmutig davon.

„Ich sehe gleich nochmal nach dir mein Schatz", rief Kaja ihren Sohn hinterher.

„Was für einen seltenen Gast hast du uns da mitgebracht?", fragte Tristan und reichte dem Zwerg die Hand. Daghat schaute erst irritiert. Bei den Zwergen war es nicht üblich, zur Begrüßung sich die Hand zu reichen, sie nickten sich nur zu.

Aber er respektierte die Lebensweise der Feen, so ergriff er die Hand.

„Wie ich ihren Sohn schon sagte, bin ich Daghat der Magier", er verneigte sich vorsichtshalber.

„Es erfreut mich das ihr hier seid verehrter Daghat. Ihr braucht euch nicht zu verneigen. Das haben wir abgeschafft, ein leichtes Kopfnicken langt völlig", sprach Tristan und lächelte den Magier an.

„Darf ich euch alle bitten mitzukommen, hier in der Diele ist es doch zu ungemütlich", bat Kaja.

So schritten sie alle ins Wohnzimmer, wo das Personal schon Brote, was zu trinken, und andere Snacks bereitgestellt hatten. Alle setzten sie sich und griffen zu, nur Schattenfell wanderte in den Garten. Dort fühlte er sich am wohlsten, seitdem er sein Land verlassen hatte. In diesem Garten gab es viele Blumen, Büsche und hohe Bäume, sogar einen kleinen See gab es. Schattenfell fragte sich, ob sein Land die Vorlage für diesen Garten war. Er nahm sich fest vor Kaja irgendwann danach zu Fragen. Sie saßen lange zusammen, redeten über dies und über das, aber kein einziges Wort fiel über das Problem, welches das Land hatte. Erst spät in der Nacht verabschiedete sich Carion, er wollte in seinem eigenen Bett schlafen. Er war eh die ganze Zeit in sich gekehrt und hatte sich selten in ein Gespräch mit eingefügt. Es fiel keinem auf, nur Talia hatte so ein Gefühl, dass mit Carion etwas nicht stimmte.

Am Morgen fragte sie Kaja, ob sie wüsste, was mit Carion los sei. Doch sie hatte keine Ahnung. Kaja meinte nur, dass es vielleicht daran läge, dass er auf sie alle aufpassen musste und er überfordert war. Talia war nicht überzeugt, aber sie nahm es erstmal so hin. Nach der Frühstückszeit kamen sie alle wieder zusammen, Schattenfell zu liebe saßen sie alle draußen im Garten. Endlich bekam auch Tristan zuhören, was sich zugetragen hatte.

„Und ihr habt keine andere Spur finden können?", fragte er.

„Leider nicht. Aber sag, hat sich hier etwas ergeben wegen Batar sein verschwinden?", fragte Kaja. Sie war ja nicht auf dem Laufenden, was man hier mittlerweile in Erfahrung gebracht hatte. Tristan holte tief Luft.

„Ja, wir haben denjenigen gefunden der Batar befreite und aus der Stadt gebracht hat". Alle sahen ihn fragend an.

„Es war Lorion!"

„Das kann ich nicht glauben, niemals. Lorion war dem Königshaus stets ergeben". Kaja schüttelte den Kopf.

„So erging es mir auch, nachdem Lorion zu mir kam. Er gestand, was er getan hatte. Wie wir weiter herausgefunden haben, ist Batar wieder Batar. Jetzt rächt es sich, dass du ihm etwas Seele gelassen hast", dabei schaute Tristan seine Ehefrau mitfühlend an. Kaja zuckte schuldbewusst zusammen, sie fühlte sich schuldig.

„Batar hat seine Seele vollkommen wieder. So brauchte er Lorion nur in die Augen sehen, schon tat er, dass was Batar ihm auf trug."

„Warum hat Lorion solange gewartet mit seinem Geständnis?", fragte Kaja.

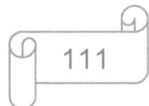

„Er sagte, seine Erinnerung kam erst spät zurück. Nachdem er sich erinnerte, war er sofort bei mir gewesen", erklärte Tristan. Kaja atmete schwer auf und Talia schaute unwissend von links nach rechts. Sie wusste nicht wirklich, über wen die beiden da sprachen. So erzählte Kaja in Kurzform wer Batar war und warum er im Kerker gesessen hatte.

„Ob er der Magier ist, der den verwunschenen See und die Einhornkinder verschwinden ließ?", fragte Talia.

„Es wäre nicht denkbar, Batar hätte schnell die Magie erlernen müssen. Denn zwischen seiner Befreiung und dem Verschwinden des Sees war zu wenig Zeit vergangen", meinte Tristan.

„Das stimmt schon, aber es könnte trotzdem sein. Wer kann schon sagen was mit einem passiert, wenn man seine Seele zurückbekommt, dass er die Manipulation wieder beherrscht, haben wir ja nun festgestellt. Vielleicht hat er auch einen Magier manipuliert, der ihm die Magie beibrachte", wandte Kaja ein.

„Ich kann mir nicht vorstellen, dass sich ein Magier dazu hergegeben hat", protestierte Daghat, der die Magier in Schutz nehmen wollte.

„Ach Daghat, einen Magier dazu zu bringen, gegen seinen Willen, einen zu helfen das ist das Leichteste für eine Fee. Wir wenden die Manipulation nicht an, außer wir müssen uns selber schützen. Jede Fee, die auf sich was hält, würde es nie anwenden, um andere zu schaden", versuchte Tristan zu erklären.

„Ach was, ihr erzählt Blödsinn, sowas wie Manipulation gibt es gar nicht", grollte Daghat und schaute erzürnt drein.

Er konnte es gar nicht haben, wenn man ihn auf die Arme nahm. Doch das was er jetzt sagte, dieses hätte er niemals freiwillig gesagt.

„Ich möchte auf der Stelle ein Pferd reiten!"

Daghat schüttelte den Kopf.

„Das kann nicht sein, wer von euch hat mir diesen Satz in den Kopf gepflanzt?", er schaute so grimmig von einem zum anderen.

Man hatte das Gefühl, er würde einen mit seinem Blick in der Luft zerreißen.

„Tut mir leid Daghat, aber anders hättet ihr uns nicht geglaubt. Deswegen wird Lorion nicht zur Rechenschaft gezogen, denn er stand unter dem Bann von Batar", sagte Kaja und sah ihn entschuldigend an.

„Macht so etwas nie wieder!", brummte er sie an.

„Nein werde ich nicht, außer ich muss dieses zu eurem Schutz tun", entgegnete Kaja.

„Selbst dann nicht! Ich brauche keine Hilfe von einer Fee!", grollte er sie an.

„Schon gut, ich verspreche es", lenkte Kaja ein.

Carion war wie immer stumm, er hörte nicht zu, meinte man Seine Gedanken waren woanders, was man ihm ansah. Er war am Grübeln, wie er Talia dazu bringen könnte ihm das Medaillon zu geben. Es interessierte ihn, ob der Zettel, den er einst in den Anhänger steckte, noch darinnen war.

„Ich frage mich, wenn es Batar war, wer hat ihm geholfen. Die Nebelwand hätte ihn nicht durchgelassen. Sie spürt es, wenn jemand etwas Böses im Sinn hatte", sagte Schattenfell.

„Hm, Lorion war es nicht, so etwas hätte er mir gebeichtet", wandte Tristan ein.

„Könnte es ein Einhorn gewesen sein?", fragte Carion auf einmal. Der trotz seiner eigenen Gedanken bei der Sache war.

„Das glaube ich nicht, außer …", Schattenfell stockte, er mochte es nicht aussprechen.

„Was außer?", forderte Talia ihn auf.

„Außer es sollte noch ein Einhorn geben, welches das Land verlassen hat". Schattenfell schüttelte sich, dieser Gedanke war im zuwider.

„So ein Einhorn gibt es", bestätigte Carion nickend. Alle schauten ihn entgeistert an und Schattenfell schüttelte immer wieder den Kopf, er wollte es nicht glauben.

„Ich musste vor Jahren eines aus der Menschenwelt holen. Doch was aus dem Einhornmädchen geworden ist, nachdem wir wieder hier waren, kann ich nicht sagen". Talia wurde auf einmal kreidebleich und starrte Carion an. Ob das mein Vater ist, fragte sie sich. Ach was, dafür ist er zu jung. Damit verschob sie diese Gedanken. Jetzt meldete sich Sheila zu Worte.

„Ich sah vor Jahren ein Einhorn, in den schwarzen Bergen. Deswegen war ich nicht erstaunt, als ich Schattenfell sah."

„Dann kann es gut sein, dass dieses Einhorn weiß, wer hinter allem steckt. Wir müssen es unbedingt finden", meinte Kaja.

„Aber wo sollen wir es Suchen, es kann überall auf Mintora sein?", sagte Tristan. Alle sahen ratlos drein. Im Grunde wusste keiner, wie es weiter ging.

„Für heute haben wir uns genug den Kopf zerbrochen, lasst uns eine Nacht darüber schlafen, vielleicht haben wir morgen die richtige Idee", entgegnete Kaja.

Ein Schritt weiter

Sheila und Kaja spielten mit Falan und Tristan widmete sich seinen königlichen Aufgaben. Talia und Daghat übten beide. Zu Talias Freude übte der Magier auf sein Zimmer, so nervte er keinen mit den falschen Tönen.

Carion marschierte in Gedanken versunken nachhause. Doch es dauerte nicht lange, da kam er aufgeregt wieder in den Garten.

„Ich habe es gesehen!", rief er schon von weitem.

„Was hast du gesehen?", fragte Kaja.

„Na, das Einhorn, es ist im Minwoodwald!", antwortete Carion aufgeregt.

„Ich werde es suchen und es mit herbringen", sagte Schattenfell selbstbewusst. Kaum das er ausgesprochen hatte, war er schon verschwunden.

Es dauerte zwei Tage, bis Schattenfell mit einem gescheckten Einhornmädchen zurückkam. Talia schmunzelte. Das Fell des Einhorns erinnerte sie an einen Dalmatiner. Das weibliche Einhorn war total eingeschüchtert, es schlich langsam mit hängenden Kopf hinter Schattenfell hinterher.

„Das ist Fleckchen", stellte Schattenfell das Einhorn vor.

„Du brauchst keine Angst haben, hier passiert dir nichts", sprach Kaja freundlich.

Fleckchen nickte vorsichtig.

„Wir haben nur ein paar Fragen an dich. Wirst du uns antworten?", fragte Tristan. Wieder bewegte sie bejagend den Kopf.

„Hast du jemanden, den Zutritt ins Einhornland verschaff?" Nochmals ein Nicken.

„Kannst du uns sagen, wer das war und warum du das gemacht hast?", stellte Tristan weiter seine Fragen.

Fleckchen schaute beschämt zu Boden. Euch Feen sage ich kein einziges Wort, ihr hintergeht einen nur, dachte sie.

„Erzähle ihnen, dass was du mir erzählt hast. Du bist hier unter Freunden. Keiner von uns wird dich verurteilen", sagte Schattenfell zu ihr.

Sie schaute Schattenfell fragend an, dieser nickte, um sie aufzufordern. So legte sie ihr Misstrauen ab und sprach.

„Ich begegnete einen Zauberer in den schwarzen Bergen. Er versprach mir, dass ich wieder im Einhornland leben könnte, wenn ich ihn mit durch die Nebelwand bringe. Er gab mir Hoffnung, dass er mit den Einhörnern redet, doch er hinterging mich. Ich merkte es erst, nachdem wir hinter der Nebelwand waren".

„Wer war dieser Zauberer? Fleckchen wir müssen es wissen. Es ist wichtig, hat er dir seinen Namen genannt?", fragte Kaja ernsthaft.

„Nein, das hat er nicht. Er hat nicht gehalten, was er mir versprach. Ich war so dumm, mir wird niemals vergeben werden", schluchzte Flecken. Ein paar Tränen liefen ihr herunter.

„Du hast doch nicht wissen können, dass der Magier dich hintergeht. Wenn du es gewusst hättest, hättest du ihm sicher nicht geholfen. Denk einmal genau nach. Jedes Wort was er gesagt hat, kann uns weiter helfen. Selbst wenn du im Moment meinst, es wäre belanglos in deinen Augen, für uns könnte es der richtige Hinweis sein", bat Kaja sie tröstend. Fleckchen überlegte, dann blitzte es kurz in ihren Augen.

„Er hat etwas gesagt, womit ich nichts anfangen konnte. Er sagte: (Ihr werdet es bereuen, was ihr mir angetan habt. Rache ist mein Ziel, Rache für den Thron.) Wisst ihr, was der Zauberer damit meinte?" Kaja nickte. Alle Augen lagen gespannt auf Tristan, als er anfing zu reden.

„Es kommt nur einer infrage. Ich hatte gehofft, dass unsere Ahnung sich nicht bestätigen würde. Batar ist der Magier, den wir suchen!"

Kaja machte ein betrübtes Gesicht, sowie Vorwürfe. Wenn sie damals nicht an ihre Sicherheit gedacht hätte, wäre es jetzt nie so weit gekommen. Sie war im Moment nicht in der Lage Fragen zu stellen, sie war in sich gekehrt. Erst als Hafu auf ihren Schoss sprang, kam sie wieder aus ihrer Gedankenwelt.

„Fleckchen weißt du, wo Batar jetzt ist?", fragte Tristan.

„Nicht genau, aber er entschwand in die Richtung, der schwarzen Bergen".

„Siehst du, du konntest uns helfen. Jetzt wo wir genau wissen, wen und wo wir suchen müssen, sind wir einige Schritte weiter, um den See und die Kinder zu finden", meinte Kaja zu Fleckchen.

„Könnt ihr bei den Einhörnern nicht ein gutes Wort für mich einlegen? Ich bin so einsam und möchte zurück ins Einhornland", bat Fleckchen und schaute Kaja liebevoll an. Doch ehe Kaja antworten konnte, gab Schattenfell die Antwort.

„Wir können nicht mehr zurück, aber einsam brauchst du nicht mehr sein. Jetzt sind wir zu zweit, du und ich. Wir werden außerhalb der Nebelwand eine Familie gründen. Eine Herde, die sich nicht vor den anderen Bewohnern von Mintora versteckt, sondern mit ihnen lebt." Im ersten Moment war Fleckchen sprachlos, mit großen Augen schaute sie Schattenfell an.

„Meinst du das ehrlich?"

„Ja, warum sollten wir beide uns nicht zusammen tun. Ich bin alleine und du auch", entgegnete Schattenfell. An so ein Glück hatte Fleckchen nie zu glauben gewagt.

„Wir werden in drei Tagen aufbrechen. Batar muss entweder die Magie rückgängig machen oder er wird sterben. Ich glaube, dass er weder das eine noch das andere will. Talia wie weit bist du mit dem Lernen der Magie?", erfragte Kaja.

„Ich bin zwar fleißig, aber es langt nicht um mich mit einem anderen Magier zumessen. Warum fragst du?" Talia hatte das Gefühl versagt zu haben, dass sie noch nicht soweit war.

„Ich weiß nicht, es ist nur so ein Gefühl, dass ein Magier alleine nicht reichen wird", antwortete Kaja und verfiel ins Grübeln, sie war fast wie in Trance. Erst als Tristan seine Stimme ernst erhob, war sie wieder bei der Sache.

„Und du kannst machen, was du willst, dieses Mal werde ich mitkommen". Noch einmal würde er Kaja nicht ohne ihn Reisen lassen. Er wär fast gestorben, so viele Sorgen hatte er sich gemacht. Tristan wusste genau, dass Kaja an eine neue Abreise dachte.

„Das geht nicht. Wer kümmert sich denn hier um das Volk?", entgegnete Kaja und sah ihren Ehemann entgeistert an.

„Wir beide sind nicht die Einzigen, die dazu in der Lage sind. Es gibt da noch deine Mutter", grinste

Tristan sie an. Er hatte schon im Vorwege mit Kaila gesprochen und diese fand es auch besser, falls Kaja sich wieder in ein Abenteuer stürzte, dass er an ihrer Seite ist.

„Das kommt überhaupt nicht infrage. Mutter können wir das nicht zumuten. Stell dir doch einmal vor, Batar kehrt nach Minwood zurück, was ich fast annehme. Er wartet sicher nur darauf, dass wir beide nicht hier sind. Mutter wäre ihm niemals gewachsen, jetzt wo er Magie beherrscht", konterte Kaja.

„Da sagst du genau das richtige Argument. Wir können nicht gehen, weder du noch ich. Du musst hierbleiben, weil nur du die Einzige bist, die Batar geistig überlegen ist".

„Das mag sein, aber ich kann keine Magie wirken und weiß auch nicht, was ich dagegen tun kann!"
Tristan und Kaja sahen sich gegenseitig an. Sie standen in einer Zwickmühle. Auf der einen Seite wollte und musste sie den Einhörnern helfen. Auf der anderen Seite, war da die Gefahr, dass Batar

in der Stadt auftaucht, um sich den Thron wieder zu holen. Was sollten sie nur tun?

„Es gibt nur eine Lösung!", mischte sich Talia ein. Alle Augen richteten sich auf sie.

„Ich muss so schnell wie möglich eine bessere Magierin werden, als Batar es ist. Dann soll er nur kommen. Wir werden ihm zeigen, wo der Hammer hängt".

„Das wäre schon ein Weg, doch was machen wir, wenn er hier nicht auftaucht? Wenn er darauf wartet, dass wir ihn suchen. Es ist verzwickt!", grollte Kaja.

„Dann müssen wir auf zwei Fronten kämpfen. Eine Gruppe bleibt hier, das werden Kaja, Daghat und ich sein und die andere besteht aus Talia, Carion Schattenfell, Fleckchen, sowie zehn Mann aus meiner Garde. Einer von ihnen wird Falkon sein, er ist ihr Kommandant und sorgt für den Schutz der Gruppe", erklärte Tristan. Kaja holte tief Luft.

„Gut, aber Hafu geht mit. Doch erst wenn Talia eine vollständige Magierin ist, werden wir weiter

nach Batar suchen. Es tut mir zwar leid, dass wir,
solange auf den Gesang der Vögel und das die
Einhörner länger auf ihren See und der Kinder
warten müssen. Es geht nicht anders."

<u>Noch mehr Lehrstunden</u>

Dem Zwerg passte das gar nicht, dass
ausgerechnet er hier in Minwood bleiben sollte.
Doch er sah es ein. Er hätte sicher nicht die Kraft
einen geistigen Angriff von Batar zu widerstehen.
Batar hätte es sicher geschafft, dass er ihm in die
Augen sehen würde. So stimmte er erst einmal zu.
Daghat forderte einen Raum, wo er seine Tiegel,
Flaschen und sonstiges unterbringen konnte. Er
beabsichtigte, Talia nicht nur die Magie bei zu
bringen, sondern auch das Zaubern. Es gab einen
großen Unterschied zwischen Magie und
Zauberei. Magier brauchen keine Hilfsmittel, sie
agieren mit Formeln und Konzentration. Wobei
Zauberer mit Pulver, Wässerchen und ähnliches
arbeiten. Sie bauten eher eine Illusion auf und
werden oft unter dem Wort Zauberei vereint. Da

Daghat nicht hundertprozentig wusste, ob Batar ein Magier oder Zauberer ist, musste Talia beides lernen und das schneller als ihr lieb war.

„Morgen früh um 3 Uhr bist du in meinen Räumen und sei ja pünktlich", sagte Daghat mit seiner Bassstimme zu Talia. Auf was habe ich mich da nur eingelassen. Um 3 Uhr, das ist zu früh, da schlaf ich doch noch, dachte Talia. Doch sie nickte nur und seufzte.

Das Zaubern mit Hilfsmittel hatte sie schnell gelernt. Aber die Magie machte ihr Schwierigkeiten, diese Formeln wollten nicht alle in ihren Kopf. Manchmal wünschte sie sich wieder auf die Menschenwelt zurück. Da waren die Schuljahre ein Klacks gegen das hier. Daghat raunte, brummte und grollte sie dauernd an. Es gab kein Tag mehr, wo er einmal freundlich zu ihr war. Das Feuer machen, war einfach oder Luftblasen, zu erzeugen gelangten ihr ohne große Anstrengung. Doch jetzt sollte sie das Wasser so fest wirken, dass man darüber gehen konnte, aber es durfte nicht aus Eis bestehen. Sie stand an dem kleinen See im Garten konzentrierte sich und sprach.

„Alenara negeras"

Sie setzte einen Fuß auf die Wasseroberfläche und schon wieder bekam sie einen nassen Fuß. Sie stampfte auf und grollte.
„Das schaffe ich nie, sowas ist unmöglich. Keiner kann über Wasser laufen. Wofür sollte diese Magie gut sein, erklärt es mir!" Daghat schüttelte nur den Kopf, er war fast am Verzweifeln. Talia war so begabt, doch hier versagte sie immer wieder.
„Ach Talia, du musst dich besser konzentrieren und darfst nicht an dir Zweifeln, niemals! Diese Formel vermag keinen größeren See oder gar das Meer festigen. Aber einen wassergefüllten Burggraben oder einen kleineren Fluss, dafür eignet sie sich ausgezeichnet". Daghat war nicht knurrig, im Gegenteil er kam ihr väterlich vor, so friedlich sprach er mit ihr. Talia hatte schon so

viel gelernt. Sie beeinflusste und nutzte den Wind, die Erde und das Feuer, jetzt war es, nötig das Wasser zu beherrschen. Es gelang ihr Feuerbälle heraufbeschwören, dass die Erde bebte, Steine durch die Luft fliegen lassen, eine Windsäule erzeugen, alles funktionierte, nur das Wasser gehorchte ihr nicht. Daghat wusste schon nicht mehr, was er machen sollte. Talia hatte alle Formeln gelernt, sprach sie richtig aus, aber es klappte nicht. Aus seiner Sicht lag es nur an ihrer Konzentration.

„Talia, was lenkt dich ständig ab? Was schwirrt in deinem Kopf herum? Seit wir mit der Wassermagie angefangen sind, bist du nicht mehr bei der Sache. Was ist nur los mit dir? Jetzt machen wir eine Pause und sehen uns später wieder hier", sagte Daghat. Er stampfte davon, nachdem er nochmals einem Blick auf sie warf.

Talia zuckte nur mit den Schultern und schaute schuldbewusst. Sie wusste genau, was sie ablenkte, nur wollte sie nicht daran glauben, dass es nur daran lag, dass sie das Wasser nicht beherrschte. Ihre Gedanken waren nur ab und zu bei Falkon, den sie vor drei Tagen kennengelernt hatte. Er hatte in ihr etwas Eigenartiges ausgelöst. Sollte er der Auslöser sein, dass die Wassermagie nicht funktionierte? Wenn es so war, musste sie ihn aus ihren Kopf bekommen. Doch immer wieder mischte sich Falkon in ihre Gedanken.

Mittlerweile hatte sich Sheila verabschiedet. Sie begehrte, Elon zu besuchen, denn sie hatte von Tristan erfahren, wo dieser lebte. Anschließend würde sie sich zurück zu Fenjas Hütte, im Wiesenland, begeben. Die enge der Stadt war nicht für sie, sie brauchte das weite Land. Talia fand es schade, dass Sheila schon fortwollte, konnte es aber auch verstehen, dass sie sich nachhause sehnte. So verging die Pause schneller, als es Talia lieb war.

„Ich vermag dir nichts mehr beibringen, aber dich so auf die Reise zuschicken das wäre nicht richtig", seufzte Daghat. Talia wusste jetzt nicht, ob er das zu ihr oder zu sich selber gesagt hatte.

Der Magier hatte sie dabei nicht angeschaut, sein Blick war eher auf den Boden gerichtet gewesen. Jetzt sah er sie an und offenbarte mit fester Stimme.

„Ich werde Kaja und Tristan sagen, dass du im Grunde so weit bist und dass deine Reise losgehen kann".

Talia machte große Augen.

„Nein, nein Meister Daghat, ich bin noch nicht bereit!"

„Doch, das bist du. Bis auf die Wassermagie bist du besser als ich und in der Zauberei hast du mich schon überholt. Sei mutig Talia, du bist die beste Magierin, die es gibt. Sobald du das Wasser beherrschst und das wirst du auf jeden Fall schaffen. Dann gibt es auf Mintora nur zwei Magier, die alle Elemente wirken, du und ich. Nimm dieses Büchlein von mir, in ihm wirst du alle Formeln finden, die du bis jetzt gelernt hast. Es gibt ein paar leere Seiten, für weitere Formeln. Jeder Magier nennt so ein Büchlein sein eigen, dieses ist jetzt deins." Mit diesen Worten schloss

Daghat Talias Ausbildung ab, nicht, ohne ihr nochmals zu sagen, dass sie weiterhin die Wassermagie üben sollte. Aus Talia ist nach drei Monaten eine Magierin geworden. Doch tief in seinem Herzen hatte Daghat immer noch Zweifel. Sollte er nicht doch mit Talia gehen. Waren nicht zwei Magier gegen Batar besser als Talia alleine. Sie war zwar schon sehr gut, sogar besser als er, aber dafür unerfahren und in seinen Augen viel zu jung umso eine Aufgabe alleine zu stemmen. Mit diesem Argument wandte er sich an das Königspaar. Sie versprachen darüber nachzudenken. Gemeinschaftlich wurde beraten, wann es losgehen sollte. Talia bat darum, dass man ihr wenigstens zwei Tage Ruhe gönnte. Die letzten Monate waren anstrengend für sie gewesen. Jeder hatte dafür Verständnis, so verbrachte Talia Zeit mit den Einhörnern am königlichen See. Hafu, den Hoftel fand man auch bei den Einhörnern, er kuschelte sich an Talia, als ob er wüsste, dass er zu ihrem Schutz mit auf die Reise gehen würde.

Daghat sprach wieder mit Kaja und Tristan, als Lorion um eine Audienz bat.

„Mir ist etwas eingefallen, es könnte wichtig sein."

„Gut, dann sprecht, was ihr zu sagen habt", bat Tristan.

„Mir war aufgefallen, das Batar mich nur ein einziges Mal manipulieren konnte. Er hatte es, nachdem wir einen Magier aufgesucht haben, nochmals versucht. Doch er schaffte es nicht mehr. Ich habe die Vermutung, dass er in dieser Hinsicht, doch nicht alles zurückbekommen hat". Tristan und Kaja schauten sich an und waren verwundert.

„Kennst du diesen Magier? Wo ist er zu finden?", fragte Daghat.

„Ja ich kenne ihn. Er wohnt hier in Minwood. Er hält seine Magie verborgen, da die Feen ihn nicht mehr akzeptieren, wenn sie von seiner Magie wissen", entgegnete Lorion.

„Sag uns endlich seinen Namen. Er braucht keine Angst haben, dass wir ihn bestrafen. Sicher hatte

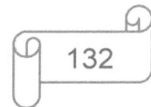

Batar ihn ebenfalls manipuliert", sprach Kaja ungeduldig.

„Es ist Galon, der Kräuterhändler". Lorion fühlte sich wie ein Verräter, denn Galon war sein Freund. Schnell hatte Tristan einen der Wachen ausgesandt, um diesen Galon zu holen.

„Ihr habt mich rufen lassen, was kann ich für euch tun? Welche Kräuter oder Tränke braucht ihr?", fragte Galon, nachdem er durch ein Kopfnicken die königliche Familie gegrüßt hatte.

„Keines von beiden. Galon, seit wann beherrscht ihr die Magie?", fragte Kaja gerade heraus.

Galon machte große Augen und fing zu stottern an.

„Iiich kkkann kkkeine MMMagie wwwirken".

„Ihr braucht nicht zu lügen, wir wissen, dass es so ist. Vor einigen Monaten war Lorion mit einem Feenmann bei euch. Was begehrte dieser?", fragte Tristan. Galon druckste rum. Er fürchtete, wegen Hochverrats verurteilt zu werden, so sah er nur auf den Boden und blieb stumm.

„Ihr braucht keine Angst zu haben. Sollte es das Sein, was wir vermuten, trifft euch keine Schuld. Aber ihr könnt uns helfen, dass was der Feenmann gemacht hat, wieder zu beheben, indem ihr uns erst einmal alles erzählt", sprach Kaja mit einem freundlichen Ton auf ihn ein. Galon holte tief Luft.

„Ja Lorion war bei mir, er wusste, dass ich der Magie mächtig bin. Der fremde Feenmann verlangte von mir, dass ich ihm ein verschwinde Zauber, beibringe. Auch verlangte er mein Zauberbuch, wo alle Formeln darin stehen. Ich weiß nicht, wie er es angestellt hat, ich gab ihm alles, was er verlangte. Falls der Feenmann die verschwinde Magie eingesetzt hat, wird er jetzt ein Problem haben." Galon wollte noch weiter erzählen, da unterbrach Daghat ihn.

„Gibt es ein gegen Zauber, für diese verschwinde Magie?"

„Nein, gibt es nicht wirklich. Es kann nur derjenige den Zaubern wieder zurücknehmen, der diesen gewirkt hat oder derjenige stirbt. Dann wäre ich in der Lage die Magie aufzuheben, weil die Magie dann schwach sein wird. Doch lasst mich weiter erklären. Die verschwinde Magie kann man nur ein einziges Mal anwenden, weil die Magie fest mit dem Magier verbunden ist. Dieser Feenmann weiß das nicht, er spürt nur, dass es ihm nicht besonders gut geht, denn die Magie saugt Kraft aus ihm, damit das was er verschwinden lassen hat, verschwunden bleibt."

„Warum seid ihr im Verborgenen geblieben mit eurer Magie?", wollte Kaja wissen.

„Weil die Magie unter uns Feen nicht angesehen ist. Man hätte mir niemals mehr meine Kräuter oder Tränke abgekauft", entgegnete Galon. Kaja sah ihren Gatten an.

„Wir müssen ein entsprechendes Gesetz aufsetzen, dass der Beruf des Magiers genauso wichtig ist wie alle anderen, schon Talia zuliebe. Galon was haltet ihr davon, uns und Minwood mit eurer Magie zu beschützen, falls dieser Feenmann wieder auftauchen sollte?", fragte Kaja. Sie dachten die ganze Zeit an Batar, dass verschwiegen sie Galon, damit er nicht in Angst und Schrecken gerät. Galon fiel ein Stein von Herzen, an so etwas hatte er niemals zu hoffen gewagt. Er, ein Beschützer der königlichen Familie, das gefiel ihm. So hatte er das Gefühl, dass er wieder etwas gut machen konnte. Der Zwerg war erleichtert, er konnte Talia auf diese gefahrvolle Reise begleiten. Daghat lachte in sich hinein, er würde wieder die Gelegenheit haben auf der Gitarre zu spielen, er vermochte die ganze Zeit, kein einziges Mal zu üben. Talia würde mit Sicherheit das Instrument mitnehmen.

Talias Medaillon

Die zwei Tage vergingen wie im Fluge. Der Planwagen, Proviant, Schlafsäcke und manch anderes war verstaut. Damit Talia weiterhin etwas üben konnte, saß Daghat bei ihr auf dem Planwagen und lenkte diesen. Carion und Falkon ritten mit drei anderen aus der Garde voraus, der Rest war die Nachhut. Schattenfell und Fleckchen trabten direkt hinter dem Planwagen. Alle hatten sie auf irgendeiner Art etwas zu tun, nur Hafu nicht. Dieser lag gemütlich unter dem Sitz und schnarchte ganz leise. Sie reisten durch den Minwoodwald, vorbei an Baristox, vor dem Fabelwald hielten sie endlich an. Talia versuchte Wasser aus dem Boden zu wirken, es blieb bei dem Versuch. Frustriert setzte sie sich zu Carion, Daghat und Falkon ans Lagerfeuer. Die anderen Männer der Garde hatten sich etwas abseits, ein Lager zurechtgemacht. Im Wechsel von zwei Stunden waren drei, als Wache eingeteilt. Talia empfand es als übervorsichtige Maßnahme, aber Falkon bestand darauf. Sie beobachtete Falkon so oft sie es konnte. Er war etwas älter als sie, aber nicht viel, in ihren Augen gerade richtig. Falkon war schlank und hoch gewachsen. Seine blonden Haare waren schulterlang, diese trug er oft als Pferdeschwanz. So hatte sein schon markantes Gesicht eine gewisse Art von strenge. Talia mochte es lieber, wenn er seine Haare offen trug, dann waren seine Gesichtszüge nicht so hart.

Carion bemerkte, dass Talia Falkon immer wieder anschaute, und setzte sich zu ihr.

„Du magst ihn, nicht wahr", sagte er leise zu ihr.

Sie lief rot an.

„Ist das so offensichtlich?" Carion nickte.

„Ich weiß nicht, er zieht mich irgendwie an. Am liebsten wäre ich andauernd an seine Seite. Er hat etwas Magisches an sich." Talia seufzte und blickte verträumt ins Feuer. Es gingen so viele Gedanken durch ihren Kopf, als sie auf einmal laut sagte.

„So muss es meiner Mutter ergangen sein, als sie meinen Vater traf." Carion schaute sie verdutzt an und fragte:

„Wie meinst du das?"

„Sie muss sich Hals über Kopf in diesen Feenmann, der mein Vater ist, verliebt haben. Schade das ich nicht weiß, wer er ist." Ein Seufzer entfleuchte ihr.

„Hast du denn überhaupt kein Anhaltspunkt, wer er ist?" Carion hegte die Hoffnung, endlich das Medaillon anschauen zu können.

„Doch, dieses Medaillon und ein Schreiben, in einer alten Feenschrift, ist das einzige, was ich habe." Talia nahm das Medaillon ab und reichte es Carion. Als er es in den Händen hielt, fingen seine Hände an zu zittern. Tränen liefen ihn über die Wangen. Sie sah dies und fragte ihn besorgt.

„Was ist mit dir Carion? Warum zitterst und weinst du? Kennst du dieses Medaillon? Kennst du meinen Vater?" Jetzt war sie am Zittern vor Aufregung.

„Ja, ich kenne dieses Medaillon, deine Mutter und deinen Vater. Du siehst ihr ähnlich. Ich sehe ihre lieblichen Züge in deinem Gesicht. Auch hast du ihr strahlendes Lächeln. Wenn ich das nur gewusst hätte, ich wäre in der Menschenwelt geblieben". Jetzt machte Talia große Augen. Da jammert sie Carion die Ohren voll und dann sollte er ihr Vater sein. Sie schüttelte den Kopf, sie konnte es kaum glauben. Da war ihr Vater schon die ganze Zeit so nah bei ihr und sie hatte nichts gespürt.

„Ja, Talia, ich bin dein Vater. Hat Madelaine denn nie von mir gesprochen?" Talia schüttelte nur den Kopf.

„Aber du bist so jung. Wie sollst du da mein Vater sein?"

„Talia vergesse nicht das die Zeit hier anders läuft als wie auf der Erde. Für mich sind etwas mehr als zwei Jahre vergangen. Ich war immer regelmäßig in der Menschenwelt. Eines Tages lief mir deine Mutter über den Weg. Es war bei uns beiden Liebe auf den ersten Blick, so verbrachten wir zwei Tage und Nächte zusammen. Dann sahen wir uns wochenlang fast täglich. So sehr ich Madelaine liebte, ich musste in meine Welt zurück. Ich konnte machen, was ich wollte, Madelaine wollte nicht mit mir kommen. Sie sagte mir nicht den Grund. So fing ich an, an ihrer Liebe zu Zweifeln. Mit gebrochenem Herzen ging ich alleine in meine Welt, vorher gab ich Madelaine dieses Medaillon. Jetzt weiß ich den Grund, warum sie nicht mit wollte. Sie hatte wohl gedacht, dass unser Kind in meiner Welt von meinem Volk nicht anerkannt wird", Carion seine Augen füllten sich mit Tränen. Talia holte tief Luft.

„Da Mutter bei meiner Geburt verstarb, hat sie nie erlebt, dass es genau anders herum gekommen war". Jetzt schossen auch bei ihr die Tränen in die Augen. Falkon schaute die beiden verwundert an, als er von seinem Rundgang wieder kam. Er konnte es nicht verstehen, warum die beiden am Weinen waren. Doch wollte er nicht fragen. Falkon hatte das Gefühl, dass er störte. In seinem innersten ärgerte es ihn, dass er Talia nicht trösten konnte, dass sie in den Armen von Carion lag. War das etwa Eifersucht, was er da in sich spürte? Mit hängenden Kopf schlurfte er zu seinen Männern. Nach einiger Zeit, die Tränen waren versiegt, da fiel Talia der Zettel ein. Sie holte diesen aus dem Medaillon und reichte ihn Carion. Wieder war er am Schlucken, denn die Tränen wollten laufen, doch er unterdrückte es.

„Kannst du mir das Vorlesen?", bittend sah Talia ihn an. Carion nickte, obwohl diese Worte für Madelaine bestimmt waren. Er hatte ja gehofft, dass er ihr diese vorlesen konnte. Jetzt war es seine Tochter, die die Worte zu hören bekam.

Wee ilten, ne evde, as or un akt.
Öle asse to en an.
Alto öd we pau rin mie dera.
Endro ug mari iakt or imre, on e evde anier.

Abwartend blickte Talia ihn an, denn sie hatte kein einziges Wort verstanden. So übersetzte Carion die Worte.

Zwei Welten, eine Liebe, wie für uns gemacht.
Sollen wachsen zu einer heran.
Gemeinsam wollen wir gehen, diesen schmalen Grat.
Mensch und Fee verbunden für immer, in der Liebe vereint.

Liebevolle Augen schauten Carion an. Talia hatte verstanden, was die Worte sagen sollten.

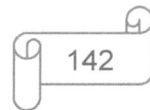

„Schade, dass meine Mutter es nie lesen konnte. Ich glaube, sie wäre dir gefolgt, wenn du sie ihr es vorgelesen hättest. Aber sag, warum hast du es in einer alten Feensprache geschrieben, die hier kein Gelehrte entziffern, vermochte. Woher beherrschst du sie eigentlich?" Talias Augen ruhten auf ihn. Carion seufzte schwer, es klang traurig.

„Es wäre besser gewesen das Gedicht in der Menschensprache zu schreiben, leider habe ich es nicht getan. Doch die Schrift war mir wichtig, da sie schon immer, in meiner Familie, von einer Generation zur anderen weiter gegeben wurde. Jetzt vermag ich dieses, ansonsten wäre die Schrift verloren." Er lächelte seine Tochter vielsagend an.

„Hm, man könnte es mit den Dialekten auf der Menschenwelt vergleichen, die verschwinden auch langsam aber sicher, weil keiner mehr sie lehrt", entgegnete sie. Für einen Augenblick war Talia ganz ruhig, sie überlegte, dann meinte sie.

„Selbst wenn wir jemanden gefunden hätten, hätte uns die Verse nicht weiter gebracht. Du hast ja deinen Namen nicht darauf geschrieben". Talias Tonfall war etwas vorwurfsvoll.

„Warum sollte ich das auch machen, deine Mutter war im Bilde, von wem das Gedicht kam", verteidigte sich Carion. Talia bemerkte, dass sie ihn verletzt hatte.

„Entschuldigung, ich hatte nicht vor dich zu kritisieren. Natürlich wusste sie das. Ich wollte damit doch nur sagen, dass ich dich vielleicht viel schneller gefunden hätte."

„Ach so! Nun muss ich um Verzeihung bitten. Ich hatte es als Vorwurf aufgefasst. Bei wem bist du aufgewachsen? Ich hoffe, nicht in einen dieser schrecklichen Heime. Warum bist du hier auf Mintora und nicht in der Menschenwelt? Es wird doch nicht nur meinetwegen sein?" Die Fragen sprudelten nur so aus Carion heraus.

„Ich bin nicht in einem Heim gewesen. Mich hat meine geliebte Ur-Oma groß gezogen und sie bat Kaja, dass sie mich mit ins Feenland nähme. Weil ich in der Menschenwelt mehr eine Fee bin als ein Mensch, deswegen hat man mich dort stets gemobbt. Hier ist mein zuhause, hier fühle ich mich geborgen. Nur Ur-Oma fehlt mir ab und an. Sie ist sicherlich nicht mehr Leben, da sie schon sehr alt war, als ich sie verließ." Carion drückte Talia an sich, sie sollte das Gefühl bekommen, dass er für sie da war. Nachdem er sie frei gab, fragte sie, was ihr noch auf dem Herzen lag.

„Bist du nie wieder in die Menschenwelt gekommen, all die Jahre?"

„Ich war noch einmal in eurem Dorf. Es war an dem Tag, an dem Madelaine beerdigt wurde. Es war Zufall, dass ich da war. Ich stand etwas abseits, keiner hatte mich bemerkt. Ich sah sogar ein Baby auf dem Arm einer alten Frau. Doch woher sollte ich wissen, dass es mein Kind war, welches ich da sah", Carion schluckte wieder schwer. Jetzt war es Talia, die ihren Vater drückte. Es war spät in der Nacht, als sich die beiden endlich schlafen legten. Selbst Daghat hatte schon lange die Gitarre aus der Hand gelegt. Nur Falkon hatte ein wachsames Auge auf die beiden gehalten.

Am Morgen bevor Falkon Talia weckte, schaute er ihr beim Schlafen zu. Sie hatte so entspannende Züge, sogar ein Lächeln huschte ihr übers Gesicht. Was sie wohl träumt, fragte er sich. Nachdem er sie lange genug beobachtete, fasste er Thalia an die Schulter. Doch Hafu, der bei ihr angekuschelt lag, knurrte ihn an. Schnell zog er seine Hand zurück, vor Hafu hatte er Respekt. So sprach er sie nur an:

„Talia, Talia aufwachen, wir wollen weiter".

„Ja", sagte sie mehr schlafend als wach. Doch sie unternahm nichts, um aufzustehen, sie drehte sich nur auf die andere Seite.

„Talia aufstehen!", ertönte seine Stimme laut.

„Jaaaa", kam genervt von ihr zurück. Langsam kam sie aus dem Schlafsack gekrabbelt. Carion schlief ebenfalls und wurde ebenso durch Falkons laute Stimme aus dem Schlaf gerissen. Auch er streckte die Glieder gen Himmel.

„Guten Morgen kleines", kam es von ihm. Für Talia viel zu fröhlich.

„Ja, guten Morgen", grummelte sie.

Talia fühlte sich wie gerädert, die Nacht war zu kurz gewesen. Sie packte ihren Schlafsack in den Planwagen. Hafu, der sie immer wieder ansprang, wurde von ihr hinauf gehoben. Carion vermied es, Talia nochmals anzusprechen. An ihrem Verhalten merkte er, dass dieses in Moment besser war. Talia war zu müde, um zu üben, so schlief sie sitzend hinten im Planwagen, zwischen all den Sachen. Dieses Mal versperrten die Baumhüpfer ihren Weg im Fabelwald. Erst als sie Schattenfell und Fleckchen sahen, gaben sie wortlos den Weg frei.

Nach weiteren drei Stunden war Talia ausgeschlafen. Jetzt war sie aber knurrig, weil ihr der Rücken wehtat. Die Schmerzen ließen nicht zu, dass sie sich konzentrieren konnte. So saß sie wehleidig neben Daghat und schaute ihn fragend an.

„Kennt ihr ein Zauber, der mir die Schmerzen zu nehmen vermag?" Daghat, der sich heute ebenso genervt fühlte, weil er den Planwagen lenken musste, anstatt mit der Gitarre zu üben, knurrte nur:

„Nein".

Obwohl das gelogen war, er hätte ein Heilzauber wirken können. Diese Magie hatte er Talia nicht beigebracht, und hatte jetzt keine Lust, ihr es beizubringen. So verzog Talia bei jeder Erschütterung des Planwagens schmerzhaft das Gesicht. Sie schafften es bis zum Abend durch den Wald. Falkon sah wie vorsichtig sich Talia bewegte, so fragte er.

„Hast du Schmerzen?" Talia nickte nur und griff mit den Händen und schmerzhaft verzogenem Gesicht zu ihrem Rücken.

„Ich vermag dir zu helfen! Doch dein Hoftel lässt mich sicher nicht an dich heran". Talia sah zu dem Hoftel hinunter und bemerkte wie er Falkon kampfeslustig anknurrte.

„Hafu, es ist in Ordnung. Falkon möchte mir nur helfen", sprach sie beruhigend ihren kleinen Beschützer an. Hafu schnurrte und tapste bei Seite, aber er passte trotzdem auf. Schnell hatte Falkon ihren Schlafsack auf dem Boden ausgerollt und bat Talia sich bäuchlings darauf zu legen. Schwerfällig und ganz, ganz langsam legte sie sich hin und wartete ab, was passieren würde. Falkon strich mit seinen Händen über ihren Rücken, es gab einen Druck von den Handballen. Sie holte tief Luft und in dem Moment, wo sie ausatmete, knackte es und sie war wieder eingerenkt. Durch ihre verspannte Sitzhaltung beim Schlafen hatte sich der eine oder andere Wirbel verschoben. Jetzt sprach er leise eine Formel und Talias Schmerzen waren wie weggeflogen. Sie stand jetzt aufrecht vor ihm und starrte ihn mit offenen Mund und großen Augen an.

„Bist du ein Magier?"

„Nein, ich vollbringe nur etwas Heilmagie. Wende es aber nur an, wenn es unbedingt erforderlich ist. Es weiß kaum einer, dass ich diese Magier beherrsche", erklärte Falkon und lächelte sie an. Talia strahlte genauso zurück.

Ach, wenn er nur wüsste, wie süß er aussieht, wenn er so lächelt, dachte sie.

Was für ein zauberhaftes Wesen, am liebsten würde ich sie jetzt küssen, dachte Falkon.

„Das ist ja wunderbar", Talia drehte ihre Hüften in alle Richtungen, alles war wieder ohne Schmerzen beweglich. Carion schaute stirnrunzelnd von Talia zu Falkon. Er hatte das Gefühl, dass er auf die beiden aufpassen musste. Hauptsächlich auf Falkon. Dieser machte Talia zu oft schöne Augen, das passte ihm überhaupt nicht. Dich behalte ich im Blick, wehe, du tust meiner Talia etwas an, dachte Carion und kräuselte dabei seine Stirn.

„Ja, das ist schön, dass du dich wieder bewegen kannst" bestätigte Falkon. Talia lachte.

„Das habe ich doch gar nicht gemeint."

„Was ist denn wunderbar?", Falkon war irritiert.

„Na, dass ihr die Heilmagie beherrscht. Ich beherrsche das nicht. Meister Daghat war der Meinung, dass ich nur die Elementmagie, sowie die Schutzmagie erlernen bräuchte. Deswegen finde ich es wunderbar, dass wir jetzt einen Heiler, unter uns zu haben. Wer weiß, wozu es gut ist".

Talia kam aus dem strahlen nicht heraus. Merkt er nicht, dass ich ihn an flirte, dachte sie. Falkon merkte es wirklich nicht. Er war selber mit seinen Gefühlen beschäftigt, diese vor Talia zu verbergen. Carion rief Falkon zu sich und bat ihn den anderen beim Holzsammeln zu helfen.

Auf der einen Seite war Falkon froh darüber, aber anderseits auch traurig. Er mochte ungern von Talias Seite weichen. Mit gesenkten Kopf schlich er davon. Carion dagegen sah ihm grinsend hinterher. Nur Talia, sie schaute weder betrübt noch erfreut. Ihr Blick war garstig, garstig auf Carion gerichtet. Dieser erschrak, als sich ihre Blicke trafen. Schuldbewusst schaute er zu Boden.

„Was sollte das eben?", fauchte Talia ihn an. Sie stand mit den Händen in den Hüften gestemmt vor ihm.

„Was meinst du?", er tat so unschuldig.

„Das weißt du genau! Wage es nicht noch einmal, dich einzumischen", polterte sie ihn an. Sie drehte sich erbost beiseite und würdigte ihren Vater keines Blickes mehr. Er wollte etwas sagen, doch ließ es lieber bleiben.

Falkon hätte sich gerne, beim Lagerfeuer, zu Talia gesetzt, doch Carion starrte in grimmig an. Nur wegen ihm war seine Tochter auf ihn sauer. Er war wie ein Wachhund und beobachtete genau, was Falkon tat.

Jetzt hat sie zwei Aufpasser, Hafu und Carion. Bei Hafu habe ich ja Verständnis, aber was bildet sich der Jäger nur ein, dass er sich einmischt. Der hat doch nicht ebenfalls ein Auge auf Talia geworfen. Dies kreiste Falkon im Kopf herum und schaute genauso grimmig zu Carion zurück.

Für alle drei war es eine scheußliche Nacht, jeder war auf den anderen wütend. Sie konnten sich so etwas aber nicht leisten, sie mussten, ob sie wollten oder nicht, sich aufeinander verlassen können. So schloss jeder für sich Frieden mit den anderen und versuchten den Abend zu vergessen. Es war für alle schwerer, als sie dachten. Nur Talia vermochte es recht gut wegzustecken. Sie kümmerte sich um ihre Magie und verdrängte beide Männer aus ihren Kopf.

Später, nach einer kurzen Pause lenkte Talia den Planwagen, weil Daghat gedachte zu üben. Mittlerweile brachte er schon eine kleine Melodie auf der Gitarre zustande. Doch diese wollte er nicht spielen, er übte den neuen Griff, den Talia ihm gezeigt hatte. Ihr machte es nichts aus, das er sich oft vergriff und falsch spielte, aber Hafu jaulte jedes Mal auf, sodass ihnen die Ohren wehtaten. Auf ihren Weg begegnete ihnen ein Troll, der auf dem Heimweg zum Trolllager war. Er schloss sich kurz an, bis sie über den Sanilufluss waren, dort trennten sich ihre Wege. Talia, Falkon und Carion wünschten dem Troll, eine gute Weiterreise, die Einhörner nickten und der Zwerg grummelte etwas in seinen Bart.

„Warum so grummelig Daghat? Das war doch ein netter Troll gewesen."

Talia beobachte seinen Gesichtsausdruck.

„Ich mag keine Trolle, ich traue ihnen nicht über den Weg. Nur gut, dass er fort ist", knurrte er sie missgelaunt an und rümpfte seine Nase, als ob er einen üblen Geruch herausbefördern wollte.

„Ist ja schon gut, deswegen müsst ihr mir gegenüber nicht so unhöflich sein", knurrte Talia zurück. Sie würdigte dem Zwerg keines Blickes mehr.

Über den Pass

Bis nach Bergstadt war es zu weit, so nächtigten sie in der Hütte, wo sie Sheila kennengelernt hatten. Nur Carion, Daghat, Falkon und Talia schliefen in der Hütte, die anderen schlugen draußen wieder ihr Lager auf und entzündeten ein Lagerfeuer. Sie hatten altes Holz aus dem Fabelwald mitgenommen. Darauf hatte Talia bestanden, denn sie wollte nicht, dass das Holz bei der Hütte verwendet wurde. Fleckchen und Schattenfell zogen sich von allen zurück, sie wollten alleine zu zweit sein. Talia sah dieses mit einem Schmunzeln. Sollte sich zwischen den beiden was entwickeln, das fragte sie sich.

Dann machte sie für die drei Männer und sich etwas zu essen.

„Wenn ihr beide euch nicht bald wieder vertragt, bekommt ihr es mit mir zutun. Ich habe die Nase voll, dass ihr euch angiftet. Ich weiß zwar nicht, was zwischen euch los ist, aber regelt das endlich", motzte Talia Carion und Falkon an. Die sich die ganze Zeit nur stumm und böse anstarrten. Da es nach dem Essen nicht besser wurde, schmiss Talia die beiden kurzer Hand aus der Hütte.

„Ihr dürft erst wieder rein kommen, wenn ihr euren Disput beigelegt habt".

Mit Schwung knallte Talia hinter ihnen die Tür zu. Aus dem 16- jährigen eingeschüchterten Mädchen ist eine selbstbewusste Frau geworden!

Mit offenen Mündern starrten die beiden Männer auf die geschlossene Tür. Daghat nickte erstaunt.

„Hm, was machen wir jetzt?", fragte Falkon bedrückt.

„Das ist alles deine Schuld", knurrte Carion verärgert.

„Wie kommst du denn darauf? Ich habe gar nichts gemacht".

„So und wer starrt Talia andauernd mit gierigen Blicken an?" Falkon wurde ein wenig rot.

„Was geht es dich eigentlich an, wen und wie ich jemanden ansehe oder bist du ihr Vater?", grollte Falkon.

„Ja das bin ich". Falkon schüttelte den Kopf, hatte er eben richtig gehört. Er hatte es doch nur aus Spaß gesagt.

„Nochmal damit du es verstehst. Ich bin Talias Vater und du lässt deine Finger von ihr."

Dabei stupste Carion immer wieder mit einem Finger auf Falkon seine Brust, sodass dieser jedes Mal einen Schritt zurückmachte. Talia hatte das ganze Schauspiel vom Fenster aus beobachtet. Sie glaubte nicht, dass sich die zwei heute noch vertragen würden, so legte sie sich schlafen.

Nachdem sie am Morgen erwachte, sah sie Carion und Falkon in ihren Betten schlafen. Skeptisch schaute sie die beiden an.

„Hm, haben die sich nun zusammen gerauft", fragte sie sich. Durch das Klappern mit dem Geschirr wurden die Männer wach. Gähnend standen die zwei auf und wie aus einem Mund kann ein freundliches:

„Guten Morgen".

„Guten Morgen, habt ihr gut geschlafen?", kam von Talia. Die Männer nickten und lächelten sie an. Talia lächelte ebenfalls, scheinbar hatte ihr Rauswurf geholfen.

An diesem Tag sollte es bis Bergstadt gehen. Alle sollten mal wieder in einem richtigen Bett schlafen um Kraft zu sammeln. Vor ihnen lag dann ein anstrengender Weg über die Berge, über den Lorbono-Pass. Sie hätten direkt zum Pass gehen können, aber Talia dachte an das Wohl der Männer, die ja nur zu ihrem Schutz mitgehen mussten. Bis jetzt haben sie immer auf dem harten Boden schlafen müssen bis auf bei der Hütte, da hatten sie auf dem Heuboden im Stall geschlafen. In Bergstadt war schnell für jeden einen Schlafplatz gefunden, nur Talia und Carion hatten keinen. Sie mussten wohl draußen vor der Stadt bei Schattenfell und Fleckchen schlafen. Frustriert gingen die beiden Richtung Stadttor, als sie von hinten angesprochen wurden.

„Hey bleibt doch Mal stehen".

Talia und Carion schauten sich verwundert um.

„Tristan! Was machst du denn hier?", fragte Talia erstaunt. Der Feenmann, der sie angesprochen hatte, lachte laut auf.

„Talia, ich bin Elon nicht Tristan".

„Entschuldige, daran habe ich nicht gedacht, dass ja Tristans Zwillingsbruder hier in der Stadt lebt."

„Schon gut, aber sagt was macht ihr hier?".

Elon war genauso erstaunt gewesen, dass er die beiden auf der Straße gesehen hatte.

„Wir machen hier nur kurz Rast, aber alle Herbergen sind voll. Wir werden wohl vor den Toren schlafen", antwortete Carion.

„So ein Quatsch, ihr schlaft bei uns. Kaja würde mir den Kopf abreißen, wenn ich ihre Ziehtochter draußen nächtigen lasse", grinste Elon. Er nahm Talia an die Hand und zog sie einfach hinter sich her, eine Widerrede gab es nicht. Carion freute sich, noch eine Nacht in einem richtigen Bett und obendrein bei Freunden zu Hause. Das beutete auch ein gutes Frühstück.

Ein Duft von gebratenem Ei weckte die beiden auf. Carion lief schon das Wasser im Munde zusammen. Beide gingen sie in die Küche, wo Elon und seine Familie auf sie warteten.

Elon und Tala wurden auf den neusten Stand gebracht.

„So über den Pass wollt ihr. Habt ihr an warme Kleidung gedacht? Um diese Zeit kann es da oben schon mal schneien", meinte Elon.

Talia schaute ihn groß an. An warme Kleidung hatte sie nicht gedacht. Carion aber nickte.

„Ich hoffe, dass Falkon und die Männer an sowas gedacht haben. Ich werde mir etwas kaufen müssen", seufzte Talia und schaute dabei in ihren Geldbeutel, der nicht übermäßig gefüllt war.

„Das brauchst du nicht. Komm du kannst, was von mir haben", sagte Tala und zog sie mit sich. Talia war überrascht, als sie den Kleiderschrank von Tala sah. So viele Kleidungsstücke vom leichten Sommerkleid bis zur dicken Winterjacke war alles vorhanden, obwohl man die Winterkleidung nur für den Pass brauchte.

Tala holte einen Wintermantel heraus, dieser ging Talia bis zu den Knöcheln, ansonsten saß er wie für sie gemacht. Schnell wurde es Talia zu warm. Ein paar Winterstiefel bekam sie ebenfalls.

„So bist du für den Pass richtig gekleidet", lächelte Tala sie freudig an.

„Ich darf das wirklich nehmen?"

Talia war etwas skeptisch, so schöne Sachen hatte sie nie gehabt. Das Geld ihrer Ur-Oma reichte nur für einfache Kleidung. Die wärmten im Winter auch, aber sie waren nicht so edel wie dieser Kapuzenmantel.

„Ja, es gehört jetzt dir. Mir passt der Mantel eh nicht mehr und die Stiefel sind auch schon zu eng, dir passt alles wie angegossen". Talia fiel Tala freudig um den Hals.

„Danke, danke, danke". Sie drehte sich vor dem Spiegel und fühlte sich fast wie eine Königin.

Dann klopfte es an der Tür und Carion steckte seinen Kopf ins Zimmer, nachdem er, ein herein, gehörte, hatte.

„Bist du fertig? Wir sollten los".

„Ja, ich komme". So verabschiedeten sie sich von Elon und Tala.

Talia legte sich den Mantel über den Arm, denn hier in Bergstadt war es zu warm, um ihn zu tragen. Sie gingen direkt vor die Stadttore zu Schattenfell und Fleckchen. Die Einhörner waren bei den Pferden und dem Planwagen geblieben. Erst hatte Talia gedacht, sie wären die ersten, aber die anderen hatten sich hinter dem Planwagen versammelt. Falkon schwor seine Männer nochmals auf ihre Reise ein.

„Du Falkon, hast du und deine Männer an warme Kleidung gedacht?", fragte Talia frei raus.

„Natürlich, schließlich bin ich ihr Kommandant. Es ist meine Pflicht an alles zu denken", fauchte er sich.

„Oh, Entschuldigung, wenn ich dem Herrn auf den Schlips getreten bin", konterte Talia zurück.

„Hä, dass was?" Falkon schaute sie verwirrt an, er wusste nicht, was Talia mit dieser Aussage meinte.

„Ach egal, können wir los?", reagierte Talia etwas sauer.

„Aber sicher gnädige Frau, wir sind bereit", meinte er nur. Carion der alles beobachtet hatte, schmunzelte in sich hinein. Falkon gab seinen Männern das Zeichen zum Aufbruch. Als sie bei der Abzweigung ankamen, die zu den Zwergen führte, fragte Daghat.

„Wäre es, nicht besser durch die Höhlen zu gehen?"

„Tut mir leid Daghat, ich weiß ihr würdet gerne kurz zu Hause vorbeischauen, aber wir brauchen den Planwagen und die Pferde. Ich weiß, dass der Weg über den Pass beschwerlicher ist, aber es geht nicht anders", sagte Talia ernst. Er nickte und trieb die Pferde in Richtung Pass an. Der Weg war breit genug für den Planwagen, aber es wurde immer steiler, sodass sie nur langsam vorwärtskamen. Der Wind blies ihnen kalt um die Ohren. Talia war jetzt froh, diesen Mantel zuhaben, tief zog sie die Kapuze ins Gesicht, als auf einmal die Kolonne zum Stehen kam.

„Was ist los, warum geht es nicht weiter", rief Talia nach vorne.

„Es ist eine Steinlawine heruntergekommen, die uns den Weg versperrt", rief Carion zurück.

„Ich komme nach vorne, das Problem ist gleich gelöst", erwiderte Talia. Sie sah Daghat an, dieser nickte nur. Talia wollte mit ihrem Blick Daghat fragen, ob es in Ordnung ist, wenn sie das erledigt. So kletterte sie von Planwagen und ging nach vorne, Hafu schaute ihr nach, doch er entschied sich auf Talia zu warten, er spürte keine Gefahr. Sie stand vor der Steinlawine und staunte. Es lagen Unmengen von Steinen vor ihr. Talia holte tief Luft, konzentrierte sich und sprach.

„Staniora nanigula platerium tegirna"

Ihre Hand zeigte auf die Steinlawine. Erst tat sich nichts doch dann, ganz langsam kam Bewegung in die Steine, sie rollten weiter den Berg herunter. Nach wenigen Minuten war der Weg wieder frei. Carion schaute seine Tochter voller Stolz an und Falkon fing an Talia zu bewundern. Das hätte er auch gerne gekonnt.

„So jetzt können wir weiter. Los, ich habe keine Lust die Nacht hier oben zu verbringen. Wir sollten es bis zum Abend auf die andere Seite schaffen", forderte Talia. Je näher sie dem Höhepunkt des Passes kamen, umso rauer wurde das Wetter, der Weg wurde schmaler. Aus Sicherheitsgründen stiegen sie alle ab, auch Talia und Daghat mussten zu Fuß gehen. Talia führte die Pferde, denn Daghat hatte immer noch keinen guten Draht zu ihnen gefunden. Der Zwerg war am Knurren und Grollen.

„Was ist los mit dir?", rief Talia laut nach vorne.

„So ein raues Wetter habe ich hier oben noch nie erlebt, es fehlt nur noch, dass es zu schneien anfängt", rief Daghat zurück. Als ob er es heraufbeschworen hatte, fing es an zu schneien. Erst ganz leicht, dann wurde es immer dichter. Der Wind trieb ihnen die Schneeflocken ins Gesicht, das sie ihre Köpfe senkten.

„Das hängt alles mit dem See zusammen", meinte Schattenfell.

„Und das alles nur, weil ich nachhause wollte", jammerte Fleckchen.

Alle zogen sie ihre Kapuzen tiefer ins Gesicht oder ihre Kragen höher. Selbst die Pferde senkten so weit, wie es nur ging ihre Köpfe. So bekamen sie gar nicht mit, dass sie über dem Höhepunkt waren und es langsam bergab ging. Sie bemerkten es erst, nachdem es aufhörte zu schneien und es wärmer wurde. Jetzt sahen sie, dass der Weg breiter wurde, sodass sie wieder reiten, beziehungsweise fahren konnten.

„Willst du auf den Rückweg wieder über den Pass?", fragte Falkon Talia, wobei er neben dem Planwagen ritt.

„Wenn es sein muss jeder Zeit. So schlimm war das Wetter dort oben nicht". Talia zeigte ihm nicht, dass sie trotz des Mantels gefroren hatte. Falkon sollte nicht denken, dass sie schwach wäre. Er brummte nur, denn er hatte keine Lust nochmal so einem Schneesturm ausgesetzt zu sein und ritt wieder voraus.

Manchmal schweiften Talia mit ihre Gedanken zurück in die Menschenwelt. Sie fragte sich, ob es noch mehr Menschen von dieser Welt wussten, sowie ihre Ur-Oma und ihre Mutter.

Als sie endlich vom Berg runter waren, stöhnten sie alle froh und erschöpft auf. So entschieden sie, sich im Wald ihr Lager aufzuschlagen.

Harina

Talia hätte gerne mit Carion gesprochen, er war der einzige hier, der ihr etwas von ihrer Mutter erzählen konnte. Sie hätte gerne gewusst, ob ihre Mum wusste, dass er ein Feenmann ist. Doch sie war zu müde, so legte sie sich gleich nachdem essen hin. Sie schliefen alle lange, selbst die Einhörner wachten erst spät auf. Talia war eine der Ersten, die auf war. Sie schaute sich um, in diesem Teil des Landes war sie ja noch nicht gewesen. Sie stand mitten in einem Tannenwald, ging ein Stück und war tief in Gedanken versunken, als Daghat sie ansprach.

„Talia, können wir sprechen?". Daghat sah sie ernst an.

„Natürlich, was liegt euch auf dem Herzen?", fragte Talia.

„Als wir auf dem Berg waren, warum hast du kein Schutzzauber für uns angewendet? Keiner von uns hätte frieren oder diesen Sturm so ausgesetzt sein müssen!", grollte Daghat sie böse an.

Mit offenem Mund stand Talia vor ihm und war sprachlos. Es dauerte einen Moment, bis sie die Frage verdaut hatte. An einen Schutzzauber hatte sie nicht gedacht, dabei hatte Daghat ihr doch jeglichen Arten von Schutzmagie beigebracht.

„Ich weiß es nicht. Ich habe nicht daran gedacht. Aber warum habt ihr nicht selber einen gewirkt?", stellte sie eine Gegenfrage.

„Weil du lernen musst, Gefahren einzuschätzen, deswegen hielt ich mich zurück und ertrug wie alle anderen diesen Schneesturm. Ich hoffe, du wirst das nächste Mal umsichtiger mit uns allen sein", brummte er weiter.

„Danke Meister Daghat, dass ihr mir mein Unvermögen vor die Augen halten habt. Ich möchte euch bitten mir eine Weile hilfreich zur Seite zu stehen. Diese Weitsicht, wie ihr sie habt, die habe ich noch nicht und würde mich freuen wenn ihr mir hierbei, mein Meister sein würdet", bat Talia, die sich ein wenig Vorwürfe machte.

Daghat musste lächeln, was man nur schwer sehen konnte, weil sein Rauschebart jegliche Art von

Mimik verdeckte. Doch an seinen Augen konnte man dieses erkennen.

„Natürlich bin ich an deiner Seite, wäre ich sonst hier, um dich Maß zu regeln?".

Talia war froh das Daghat und die anderen an ihrer Seite waren, um sie zu unterstützen. Langsam wurden alle wach. Mittlerweile hatte Talia ein kleines Feuer gemacht und für alle einen Tee zur Stärkung gebrüht. Die Worte von Daghat hatte sie zum Nachdenken gebracht, sie konnte so einiges für die Gemeinschaft tun, dass es allen besser ging. Als sie alle versorgt waren, fragte Talia beim Essen.

„Wohin müssen wir jetzt?"

„Es geht nach Harina, dort auf ein Schiff, welches uns nach Triono bringt. Ich hoffe, du bist Seefest", grinste Falkon sie frech an.

„Keine Angst, ich war schon auf einem Schiff. So schnell werde ich nicht seekrank, nur weil das Schiff schaukelt", fauchte Talia in empört an.

Falkon grinste nur weiter.

Doch bevor es nach Harina ging, mussten sie durch den Tannenwald und die Ebene von Gars überqueren.

Die Landschaft war hier auf dieser Seite der Berge genauso wie auf der anderen Seite. Auch hier gab es Felder, Obsthaine und Wiesen auf denen gelegentlich Kühe und Schafe zu sehen waren.

Carion erklärte ihr, dass Feen diese Tiere hielten wegen der Milch und der Wolle. Nur ab und an wurde mal ein Tier geschlachtet, um das Fleisch an die Zwerge und Trolle zu verkaufen. So ein Bauerndorf war zum Beispiel Baristox. Nur auf der anderen Seite des großen Sees gab es solche Höfe nicht.

Schnell waren sie in Harina, welches in den Jahren größer geworden war. Talia war über den Hafen erstaunt, dieser war wunderschön. Viele Segelschiffe aller Größen lagen im Hafen und kleinere Fischerboote lagen am Pier.

Bäume säumten, fast wie eine Allee, die Promenade, welches dem Hafen ein gewisses Flair gab. Saftläden und Obststände reihten sich aneinander. Die Fischgeschäfte waren etwas abseits. Sie standen alle auf der Promenade und schauten dem Treiben im Hafen zu. Nur Daghat war beim Planwagen mit den Pferden abseits geblieben. Falkon und Carion waren losgezogen ein Schiff für sie alle zu finden.

Schattenfell und Fleckchen fingen mal wieder die Blicke auf sich. Die meisten Bewohner von Harina bekamen große Augen und tuschelten untereinander. Man hätte meinen können, dass Schattenfell sich daran schon gewöhnt hätte, dem war nicht so. Er mochte das gar nicht, so angestarrt zu werden und Fleckchen schaute ängstlich um sich.

„Es ist alles in Ordnung, du brauchst keine Angst haben Fleckchen, wir passen alle auf dich auf. Dir wird keiner etwas tun", meinte Talia und strich ihr übers Fell. Es dauerte lange, bis Carion und Falkon wieder auftauchten.

„Und? Habt ihr ein Schiff gefunden?", bestürmte Talia sie gleich. Talia freute sich schon auf die

Schiffsfahrt, es war was anderes, als auf den Planwagen zu sitzen.

„Ja haben wir, es geht morgen früh an Bord. Wir werden vor der Stadt nächtigen", entgegnete Carion.

„Gibt es hier keine Herbergen?", fragte Talia verwundert.

„Doch schon, aber sie sind alle belegt, kein einziges Bett ist mehr frei. Wie mir ein Wirt sagte, gibt es ab übermorgen hier ein großes Fest, deswegen sind schon viele Gäste in der Stadt. Kommt, schlafen wir halt vor der Stadt", forderte Falkon alle auf. Talia verzog das Gesicht, wieder auf den Boden schlafen, dabei hatte sie doch auf ein Bett gehofft.

Des Nachts schlief Hafu wie immer eng an Talia gekuschelt. Alle schliefen tief und fest, nur die Einhörner nicht, sie wachten immer wieder auf. Beide hatte vor dieser Schiffsfahrt etwas Bammel. Es war ja das erste Mal, dass sie über das Wasser fahren würden. Aber es war egal, ob sie Angst hatten oder nicht, dieses Mal können sie nicht sagen, dass sie auf die anderen warten würden.

So standen sie alle am Morgen auf dem Kai und schauten auf das riesige Schiff. Es war ein Segelschiff mit 3 Masten. Die Pferde und der Planwagen wurden mittels einer breiten Gangway auf das Schiff und unter Deck gebracht. Jedes Pferd hatte seine eigene Box, wo sie sicher drinnen stehen konnten. Alle aus der Gruppe bekam eine Kabine zugewiesen. Talia fühlte sich wie auf ein Kreuzfahrtschiff. Alles an Bord war auf Passagiere ausgerichtet. Es gab einen großen stilvollen Speisesaal und auf dem Deck waren Holzbänke, fest verankert. Der Kapitän, der sich als Igor vorstellte, begrüßte jeden einzelnen zuvorkommend. Die Mannschaft war freundlich und aufmerksam. Das bekamen hauptsächlich Schattenfell und Fleckchen zu spüren. Ihnen wurde eine gemeinsame Kabine zugewiesen, die auf ihre Bedürfnisse zurechtgemacht worden war. Hier fand man keine Betten oder Tische, sondern viel Stroh und Heu. Ihr Eingang war direkt vom

Deck aus zu erreichen, alle anderen hatten ihre Kabine unter Deck. Talia schaute Igor eigenartig an, worauf Igor reagierte.

„Ja, ich bin ein Mensch!"

„Entschuldigung, das wusste ich schon. Ich hatte nur eine ganz andere Vorstellung von euch gehabt", entgegnete Talia. Jetzt war es Igor, der verdutzt dreinschaute.

„Kennen wir uns?", wollte er wissen.

Er überlegte, wo er Talia begegnet sein könnte.

„Nein, aber Kaja hat mir so viel von euch erzählt, was so gar nicht mit dem übereinstimmt, was ich hier sehe", grinste Talia. Jetzt fing Igor an zu strahlen.

„Kaja, ja ich erinnere mich an diese resolute junge Fee. Sie hat uns damals so richtig aufgemischt. Wie geht es ihr? Ich hoffe gut. Man hört hier nichts von dem was in Minwood passiert."

„Kaja und ihrer Familie geht es gut. Aber was ist mit euch passiert?", Talia war neugierig, denn Kaja hatte Igor, als ein Raubein auf See beschrieben und nicht als zuvorkommenden Kapitän.

„Na ja, ich war es leid immer solange von meiner Frau getrennt zu sein. Da die Kinder groß sind, ist meine Frau mit aufs Schiff gekommen. Ich konnte ihr aber nicht zumuten auf einen Fischer- und Frachtschiff zu leben. So entschlossen wir uns, nur noch Fracht und Passagiere zu befördern. Ihr werdet sie nachher bei dem Essen kennenlernen."

„Darf ich fragen, wann wir in Triono ankommen werden?", wollte nun Falkon wissen, der dicht bei Talia stand. Sie spürte die Wärme, die Falkon ausstrahlte und sie spürte noch etwas anderes, was sie nicht zu deuten wusste. Schade, dass keine Freundin mit uns reist, mit ihr könnte ich darüber reden, dachte Talia so bei sich. Dann hörte sie Igor auf Falkon seine Frage antworten.

„Wenn alles gut geht, sind wir in sieben Tagen in Triono. Jetzt muss ich mich aber ums Auslaufen kümmern, wir sehen uns später."

Eine neue Spur

Sie bezogen alle ihre Kabine und Talia musste feststellen, dass ihre zwischen Carions und Falkons war. Auch das noch, von beiden Seiten einen Aufpasser, dachte sie, als sie die Blicke von beiden Männern sah.

„Komm Hafu, wir machen es uns drinnen gemütlich", sagte sie laut und verschwand in ihre Kabine. So sah sie nicht mehr, dass sich die Männer sich giftige Blicke zuwarfen. Wenn Blicke hätten töten können, dann wären sie jetzt tot umgefallen. Beide marschierten mit einem Grummeln im Bauch in ihre Kabine. Hafu inspizierte jede Ecke im Raum und erst, als er schnurrend auf Talia zuging, wusste sie, dass dieser Raum sicher war.

Doch warum löste dieser Raum in ihr ein ungutes Gefühl aus. Es war eine Kabine wie jede andere, mit einem Bett, Tisch, Stuhl und einem Schrank. In der einen Ecke stand ein festgeschraubtes Eisengestell mit einer Schale darinnen, sowie ein

Krug mit Wasser. Das war der Waschtisch, also nicht außer gewöhnliches.

Talia wollte schon entspannt aufatmen, als Hafu zu knurren anfing.

Er saß auf dem Bett und knurrte das Kopfteil an. Vorsichtig begab sich Talia zum Bett und schaute dort hin, wohin Hafu sein Knurren deutete.

Jetzt wusste sie, was ihr dieses ungute Gefühl machte. Auf dem Kopfteil war das Wort:

„DE ALAK" eingeritzt.

Es war ein magisches Wort und Talia spürte die Magie, die von diesem Wort aus ging.

So sprach sie ein Gegenzauber.

„LEBERERA HELIGA".

Wie von Geisterhand verschwand das furchterregende Wort.

„Danke Hafu, wenn du das Wort nicht entdeckt hättest, wäre ich morgen früh nicht mehr aufgewacht. Es war ein Wort des Todes. Ich frage mich nur, ob dieses Wort mir galt? Wenn ja, wie konnte der Magier wissen, dass ich genau diese Kabine bekomme. Das ist rätselhaft."

Hafu schaute sie an, als ob er sie genau verstanden hatte, auch wenn die letzten Worte nicht mehr für ihn bestimmt waren.

Als es an der Tür klopfte, knurrte Hafu kurz auf. Talia öffnete vorsichtig die Tür, vor ihr stand einer von der Mannschaft, auf der Erde würde man ihn als Steward bezeichnen.

„Entschuldigung, dass ich störe, aber der Kapitän bittet zu Tisch", sagte er freundlich.

„Danke, ich komme gleich", erwiderte Talia und schloss die Tür.

Talia strich Hafu übers Fell und sprach zu ihm.

„Mein kleiner Freund, du musst leider hierbleiben. Lass keinen hier herein, ich verlasse mich auf dich". Hafu schnurrte nur.

Dann schritt Talia hinaus, der Steward hatte auf sie gewartet und führte sie in den Speisesaal an den Tisch des Kapitäns.

Carion, Daghat und Falkon sowie Igor und seine Frau waren schon da. Alle Männer standen auf, als Talia an den Tisch herantrat. Sie setzte sich, was die Männer ihr gleich taten. So viel Höflichkeit war sie gar nicht gewohnt und fragte sich, wer noch erwartet wurde, da ein Platz neben ihr frei war. Sie hatte es kaum zu Ende gedacht, da kam eine Feenfrau auf ihren Tisch zu. Talia blieb der Mund offen stehen, sie konnte es kaum glauben, aber da kam Sheila auf sie zu.

„Kleines mach dem Mund zu oder wolltest du etwas sagen", sprach Sheila, ihre Hand strich unter Talias Kinn. Die Männer standen wieder.

„Bitte nehmt Platz", bat Igor. Nun waren alle Plätze am Tisch besetzt.

„Sheila wie schön dich zusehen, was machst du hier?", fragte Talia, die sich wieder gefasst hat.

„Ich wollte nachhause. Das Stadtleben ist nichts für mich, mir fehlt das Wiesenland", erklärte sie.

„Ich freue mich so! Dann kannst du doch mit uns zusammen reisen, oder magst du lieber alleine reisen?" Talia schaute Sheila bittend an. Diese fing an zu lächeln.

„Ich würde liebend gerne mit euch reisen, wenn ich es denn darf?" Sheila blickte in die Runde.

„Es ist uns eine Ehre, dass sie uns begleiten", entgegnete Carion, dabei lächelte er Sheila eigenartig an. Talia sah den Blick von Carion zu Sheila, sollte sie diesen richtig deuten? Sie würde die beiden im Auge behalten und schmunzelte in sich hinein. Nur Sheila die hatte nichts gemerkt. Wenn Falkon mich doch nur ein einziges Mal so anschauen würde, aber nein der Herr denkt ja nicht daran, dachte Talia. Dann fiel ihr etwas ein und fragte Igor.

„Kapitän, wisst ihr noch, wer schon alles in meiner Kabine genächtigt hat?"

„Warum wollt ihr das Wissen?". Igor fragte sich, was diese Frage sollte.

„Weil Magie in meiner Kabine verwendet wurde und es war keine gute Magie", entgegnete Talia ernst. Alle waren entgeistert und Igor grübelte nach.

„Soweit ich mich erinnere, hatten zwei Frauen und zum Schluss ein Mann diese Kabine belegt."

„Wisst ihr, wann der Mann hier war und von wo nach wo er mit gereist ist?", erfragte Talia weiter.

Sie war etwas aufgeregt. Sollten sie hier eine Spur des Magiers finden?

„Das letzte Mal ist gar nicht so lange her. Auf der letzten Tour von Harina nach Triono hatten wir ihn an Bord, wenn ich genau überlege, war der Gast schon etwas merkwürdig. Er blieb die ganze Zeit in seiner Kabine. Nicht einmal zum Essen kam er heraus. Was mir aber auffiel, dass er kränklich aussah, als er von Bord ging. Warum willst du das alles wissen?" Igors Neugier stieg.

„Wir sind auf der Suche nach einem Magier und er könnte dieser welcher sein. Hat er seinen Namen angegeben?", fragte Daghat.

„Ja, er hat sich genauso wie ihr in die Passagierliste eintragen müssen."

Igor bat seine Frau, diese Liste zu holen. Sie kam mit einem dicken schwarzen Buch zurück.

Igor blätterte viele Seiten um. Dann ging sein Finger von oben nach unten über eine Seite.

„Hier ist er, sein Name war Ratab. Sagt euch das etwas?" Alle schüttelten verneinend den Kopf.

Nur Talia nicht, ihr war etwas aufgefallen. Freudig sagte sie.

„Wir haben Batar seine Spur gefunden".

„Wie kommst du denn darauf!", meinte Falkon, der dachte, Talia spinnt jetzt rum. So sah er sie auch an.

„Lese doch mal Batar von hinten nach vorne. Welcher Name kommt dabei heraus?"

Talia konnte es nicht fassen, das Falkon so blind sein konnte. So etwas sah man doch auf den ersten Blick.

„Batar gleich Ratab", sagte Talia wissend. Falkon war es ein wenig peinlich, dass Talia ihn so vorgeführt hatte, aber sie hatte ja Recht. Er hätte es sofort sehen müssen, es war so offensichtlich.

„Habt ihr diesen Ratab noch einmal hier an Bord gehabt?", wollte Carion wissen.

„Nicht das ich wüsste, aber wenn dieser Ratab wirklich Batar war, hat er uns eventuell manipuliert, dass wir es nicht mehr wissen. Oder aber er hatte sich unter einen weiteren anderen Namen eingetragen, es ist alles möglich", entgegnete Igor. Er wusste, dass die Feen die Manipulation beherrschten und er als Mensch hatte dagegen keine Mauer zur Abwehr.

„Ich glaube, dass er schon mal an Bord war, ich erinnere mich da an einen, der sich komisch benahm. Er saß den ganzen Tag draußen auf der Bank, egal wie das Wetter war. Er hatte seine Kapuze immer tief ins Gesicht gezogen. Ich habe nicht ein einziges Mal in sein Gesicht schauen können. Aber das ist schon Monate her", berichtete Galina, Igors Frau.

„Das kann gut Batar gewesen sein. Ich glaube, dass er öfters mit euch gereist ist", meinte Talia dazu. Igor wälzte sein schwarzes Buch durch, aber er fand weder den Namen Batar noch Ratab nochmals. Er war sauer, dass jemand es gewagt hat ihn und die Mannschaft zu manipulieren. Man sah es ihm richtig an. Da war er wieder, der Raubein von dem Kaja erzählt hatte.

„Seit nicht sauer, sondern froh. Er hätte euch alles Mögliche antun können. Da ist ein kleines Vergessen doch gar nichts. Stellt euch einmal vor, er hätte euch zum Smutje degradiert", meinte Falkon und musste grinsen bei dem Gedanken daran.

Igor schaute boshaft zu Tristan, doch dann fing er an zu lachen. Er hatte sich dies ebenso vorgestellt. So entspannte sich die Stimmung wieder. Nun pochte der Kapitän auf mehr Information. So erzählte Carion das Notwendigste, was im Land vor sich ging.

„Jetzt weiß ich endlich den Grund, warum die Vögel alle stumm sind. Danke, dass ihr mich mit ins Vertrauen gezogen habt. Schattenfell und Fleckchen tun mir am meisten leid. Ich weiß, wie das ist, wenn man seine Kinder eine lange Zeit nicht sieht. Doch ihre Sorgen sind weit größer, sie wissen ja nicht, wo ihre Kinder sind. Und ihr denkt, dass dieser Ratab/Batar dafür verantwortlich ist?". Igor war sichtlich mitgenommen, das Schicksal der Einhornkinder ging im zu Herzen.

„Ja, deswegen suchen wir ihn. Unsere letzte Information war, dass er im schwarzen Gebirge ist. Da er hier auf dem Schiff vor einem Monat, so wie es im Buch steht, war. Sind wir auf dem richtigen Weg", entgegnete Talia.

„Aber nur wenn Ratab Batar ist", bemerkte Falkon.

„Sehe doch nicht alles so negativ. Natürlich ist Ratab Batar", motzte Talia ihn an.

Sie diskutierten bis spät in die Nacht hinein. Irgendwann verabschiedeten sich Sheila und Talia, beiden dröhnte schon der Kopf.

Verliebt?

Carion schaute Sheila traurig nach, er hatte den ganzen Abend kaum die Augen von ihr gelassen. Dies fiel auch Falkon auf.

„Sheila gefällt dir, wie mir scheint", grinste Falkon ihn an.

„Wie kommst du denn darauf?", entrüstete sich Carion.

„Ach Carion das ist doch nicht zu übersehen. Das sieht sogar ein Blinder mit Krückstock oder soll ich Talia mal fragen, was sie dazu meint?"

Falkon fand es lustig, dass es da etwas gab, womit er Carion aufziehen konnte.

„Unter steh dich! Es geht keinem etwas an, auch nicht meine Tochter", grummelte Carion.

„So, so, aber du darfst dich einmischen, wenn Talia umworben wird", konterte Falkon zurück.

„Das ist ganz was anderes! Sie ist schließlich meine Tochter und hat was Besonderes verdient", entgegnete Carion.

„Und ich bin nichts Besonderes?", fragte Falkon etwas leise.

„Genau und deswegen hältst du dich von ihr fern", fauchte Carion ihn an.

Bei beiden Männern sprühten die Augen, am liebsten wäre sie sich an die Gurgel gesprungen. Nur der Gedanke was Talia dazu sagen würde hielt sie davon ab. Diese hätte mit Sicherheit beide in ihre Schranken gewiesen.

Carion war immer darauf bedacht, dass Talia solche Auseinandersetzungen nicht mitbekam. Die eine Rüge von ihr hatte ihm gelangt. So gut kannte er seine Tochter noch nicht, um genau sagen zu können, wie sie dieses Mal reagieren würde. Schließlich war sie eine Magierin und wer weiß, vielleicht würde sie ihn ja in einen Hoftel verzaubern oder gar in was Schlimmeres.

Carion wollte nicht weiter mit Falkon diskutieren, so verzog er sich in seine Kabine, aber nicht, ohne aufzupassen, wohin Falkon ging. Dieser machte gar keine Anstalten um nach Talia zu kommen. Er marschierte brav in seine Kabine.

Die Überfahrt verlief ganz geruhsam, kein Sturm oder Regen störte die Überfahrt. Nur das sie jede Nacht ankern mussten, weil Wasserwirbeln immer wieder des Nachts auftauchten, das war nervig. Warum so ein Wirbel nicht da auftauchte wo sie ankerten, konnte keiner erklären.

Talia schaute oft über das Wasser und versuchte dieses, mit ihrer Magie zu beherrschen. Sie wurde schon sauer auf sich selber, weil es immer noch nicht klappen wollte. Sie konnte nicht einmal mithilfe eines Windzaubers etwas Wasser anheben. Daghat gelang sowas auf Anhieb. Doch das Wasserelement sträubte sich, ihr zu gehorchen.

Sie murmelte gerade eine Formel, als eine Wärme des Wohlbefindens sie Umfang. Da passierte es, eine kleine Wasserhose bildete sich vor ihren Augen.

„Wow, kannst du das auch in Großformat?"

Talia erschrak aus ihrer Konzentration, neben ihr stand Falkon und strahlte sie mit einem verführrerischen Lächeln an. Sie schaute in seine Augen und wieder durchströmte eine Woge der Wärme ihren Körper.

„Darf ich dich um etwas bitten?", flehentlich schaute sie ihn an.

„Aber sicher, was kann ich für dich tun?", fragte Falkon verwundert. Talia hatte ihn noch nie auf diese Art um etwas gebeten. Wie könnte er ihr eine Bitte abschlagen, wenn sie ihn so lieblich anschaute!

„Sei so gut und gehe für einen Augenblick in den Speisesaal und komme zurück. Stell dich dann schweigend neben mich. Würdest du das bitte tun?"

Falkon wusste zwar nicht, was das für einen Sinn hatte, doch er tat ihr diesen Gefallen.

Nachdem er weg war, sprach Talia wieder die Formel, aber nichts geschah. Sie probierte es nochmals und erst als Falkon neben ihr stand und sie diese Wärme spürte, gelangte der Zauber.

„Habe ich es mir doch gedacht, auch wenn ich es nicht verstehe. Jedes Mal wenn du neben mir stehst, dann funktioniert meine Wassermagie."

Falkon verstand es genauso wenig und grübelte. Seine Gedanken rasten durch seinen Kopf, er kräuselte seine Stirn, so wie es Talia ebenfalls machte, wenn sie am Überlegen war.

„Kann es daran liegen, dass ich etwas Magie zu wirken vermag? Vielleicht gebe ich dir unbewusst etwas von meiner Kraft", schlug Falkon als Begründung vor.

„Das wäre eine Erklärung. Das kann die Wärme sein, die ich jedes Mal spüre, wenn du an meiner

Seite bist. So etwas habe ich bei Meister Daghat nie gespürt", meinte Talia.

Falkon bekam einen roten Kopf. Sollte diese Wärme, die Talia spürt noch einen anderen Grund haben? Könnte es sein das Talia doch etwas für ihn empfand, sowie er es tat? Das fragte er sich.

Falkon würde ihr so gerne sagen, dass er mehr als nur Freundschaft für sie fühlte. Doch er ließ es sein, dafür schaute er Talia liebevoll von der Seite an, sodass sie mal wieder diesen Blick, denn sie sich so sehr wünschte, nicht zu sehen bekam. Talia genoss diese Wärme, die von Falkon kam.

Dann trat Carion an ihre andere Seite und das warme Gefühl verflog, obwohl Falkon immer noch neben ihr stand. Talia verstand es nicht, warum es ihr immer wieder so erging. Sie nahm sich vor, später mit Sheila darüber zu reden.

Als sie abends gemeinsam am Tisch saßen, fragte Talia Sheila ganz leise, ob sie nachher etwas Zeit für sie hätte.

„Was willst du denn von Sheila?", frage Carion neugierig, der es mitbekommen hatte.

„Das geht dich nichts an, Frauensachen halt!"

„Ach so", sagte Carion enttäuscht.

Nachdem sie alle fertig waren, begab sich jeder in seine Kabine. Nur Talia nicht, sie folgte Sheila. In ihrer Kabine hatte sie Befürchtung das Falkon und Carion lauschen würden.

„Das traust du den beiden doch nicht tatsächlich zu", äußerte Sheila verwundert.

„Und ob! Na ja, Falkon nicht, aber Carion schon", entgegnete Talia.

„Gibt es denn dafür einen Grund?", fragte Sheila voller Neugier.

„Carion ist mein Vater und … ", hier hörte Talia auf etwas zu sagen. Sie überlegte, sollte sie Sheila berichten, was sie beobachtet hatte. Konnte sie ihren Vater so in den Rücken fallen? Warum nicht, er mischt sich ja auch in ihr Liebesleben ein. Sheila machte große Augen und lächelte. Ihr Vater also, jetzt vermochte sie die Blicke zu deuten, die Carion Talia immer wieder zugeworfen hatte.

„Und ich glaube, er würde jetzt hier gerne Mäuschen spielen. In der Hoffnung, dass er mehr über dich erfahren könnte", sprach Talia weiter.

„Warum denn das? Er kann mich doch fragen, wenn er etwas über mich Wissen will". Sheila war etwas enttäuscht, sie hätte Carion für mannhafter gehalten und nicht wie einen eingeschüchterten Jungen, der den Mund nicht auf bekommt.

„Sheila, er hat ein Auge auf dich geworfen", platzte es aus Talia heraus.

„Ach so. Meist du, dass seine Blicke so eine Art von Flirt versuchen sein sollten?" Talia nickte.

„Na dann sollte er sich mal etwas Besseres einfallen lassen. So leicht bin ich nicht zu erobern". Sheila grinste, war ihr Gefühl doch richtig gewesen, auch sie wäre nicht abgeneigt. Doch sie wollte erobert werden.

„Sheila, du bist eine gestandene Frau und besitzt schon Lebensweisheit. Ich dagegen bin ein unerfahrenes Kind, in deinen Augen. Wie spürt man, wenn jemand für einen etwas empfindet?", fragte Talia etwas unbeholfen.

Sheila lächelte sie an.

„Gibt es denn jemanden in deinem jungen Leben, der dich interessiert?"

„Das weiß ich eben nicht. Ich spüre immer so eine Wärme, wenn er an meiner Seite ist".

„Aha, sprichst du von Falkon?"

Talia wurde rot, blieb aber stumm.

„Dachte ich es mir doch, denn Falkon scheint auch etwas für dich zu empfinden, so wie er dich immer ansieht".

„Wie sieht er mich den an?"

Voller Neugier schaute Talia und spitze die Ohren.

„Na verliebt, sieht er dich an!"

Sheila grinste Talia an, die wieder rot anlief, fast so rot wie eine Tomate.

„Und so etwas merkt man durch Wärme? Aber warum verschwindet diese Wärme sofort, sobald Carion bei mir steht?"

„Talia, so viele Fragen auf einmal. Jeder spürt, dass verliebt sein anders. Einige bekommen Schmetterlinge im Bauch und du spürst halt diese

Wärme. Und das mit Carion, er strahlt halt die Vaterfigur aus, die es nicht erlauben will, dass sich seine Tochter verliebt, oder gar das dich jemand umschwärmt", versuchte Sheila, ihr zu erklären.

„Ach Sheila, was soll ich denn machen. Ich mag Falkon doch auch, aber ich kann Carion nicht erlauben, dass er sich einmischt. Vater hin oder her. Wie mache ich es ihn klar, dass er sich nicht einzumischen hat? Einmal habe ich es ihm schon gesagt, doch er hält sich nicht wirklich daran."

Talia war traurig, dass sie zwischen zwei Männer stand.

„Hm, du beherrschst doch die Magie, vielleicht solltest du ihm Stummheit anzaubern", meinte Sheila.

„Das meinst du jetzt nicht ernst, oder?". Talia schüttelte den Kopf.

„Doch, warum denn nicht. Wer nicht hören will, der muss fühlen".

Sheilas Grinsen verbreitete sich über das ganze Gesicht und ihre Augen blitzten schelmisch auf.

„Ich werde nochmals mit ihm reden".

Talia war gar nicht glücklich. Sie wollte Carion nicht mit einem Stummbann belegen. Doch, wenn er sich weiterhin als Vater aufspielte, wird ihr nichts anderes übrig bleiben.

„Jetzt wird es aber Zeit, dass du ins Bett kommst", sprach Sheila mütterlich.

So trennten sich die zwei. Talia schlich so leise, wie es nur ging zu ihre Kabine.

Des Nachts schlief sie sehr unruhig.

Sie träumte, das Carion sie einsperrte. Er wollte sie davon abhalten in Falkon seine Arme zu fallen. So setzte sie ihre Magie ein. Doch Carion wurde nicht stumm, er starb. Sie war so wütend gewesen, dass sie ein Todesspruch angewandt hatte.

Schweißgebadet wachte Talia auf und schüttelte den Kopf. Sie konnte sich genau an den Traum erinnern. So was durfte auf gar keinem Fall passieren.

Beim Frühstück sah Talia Carion böse an. Sie wusste nicht warum, aber sie schnauzte ihn an.

„Wag es nicht ein einziges Mal, dich in mein Liebesleben einzumischen. Ich hatte dich 16 Jahre lang nicht und brauche dich jetzt auch nicht. Ich suche mir meinen Partner selber aus. Lass mich mit deiner Vaterfürsorge zufrieden. Ich bin alt genug selber zu entscheiden, wer mir guttut und wer nicht. Hast du mich verstanden!".

Talias Augen sprühten Funken. Sie drehte sich um und polterte hinaus, ohne zu frühstücken.

Alle, die am Tisch saßen, schauten Carion fragend an. Er fühlte sich so überrumpelt, dass er mit roten Kopf da saß und kein Wort heraus bekam. Er war sich keiner Schuld bewusst.

Nachdem er sich gefasst hat, fragte er.

„Was war das?"

„Deine Talia hat sehr eindringlich gesagt, dass du dich zurückhalten sollst. Was ich an deiner Stelle auch machen würde. Vergesse nicht, dass sie eine Magierin ist, wer weiß mit was für einen Bann sie dich belegen würde", sage Daghat, der stolz auf seine Schülerin war. Carion nickte nur stumm und

Falkon grinste in sich hinein. Nach einiger Zeit wandte sich Falkon an den Magier.

„Meister Daghat, könntet ihr mich auch unterrichten? Oder wenigstens mir sagen, ob ich die Heilmagie richtig anwende." Daghat sah Falkon verwundert an.

„Ihr beherrscht die Heilmagie?"

„Na ja, ein wenig, für kleinere Verletzungen langt es. Ich würde gerne noch besser werden. Hier auf dem Schiff hätten wir doch Zeit".

Falkon war es ernst damit, er wäre gerne genauso so gut wie Talia. Vielleicht würde Carion dann ihm gegenüber wohlwollender sein. Daghat nickte. Einen zweiten Heiler in ihrer Gruppe zu haben wäre bestimmt nicht schlecht. So gab er Falkon etwas Unterricht, auch wenn er dadurch keine Zeit hatte um auf der Gitarre zu üben.

Carion ließ Talia für den Rest der Überfahrt zufrieden. Er kümmerte sich mehr um Sheila, die ihm auch nochmal ins Gewissen geredet hatte. Er sah es ein, dass er sich nicht einmischen durfte, wenn er seine Tochter nicht verlieren wollte.

Falkon lernte von Daghat sehr viel. Jetzt beherrschte er nicht nur die Heilmagie, sondern auch die Wassermagie und Schutzmagie nannte er nun sein eigen.

An einem Nachmittag hörte man wie aus dem Ausguck heraus, „Land in Sicht", gerufen wurde. Alle stürmte sie nach vorne, drängelten und schupsten, denn jeder wollte sehen, ob es stimmte. Keiner hatte mehr Lust auf dem Wasser zu sein.

So legten sie am Abend in Triono an. Talia hatte so gehofft, dass sie während der Überfahrt endlich die Wassermagie beherrschen würde, dem war aber nicht so, außer Falkon stand neben ihr.

Daghat sprach ihr immer wieder Mut zu. Er hatte den Verdacht, dass Talia sich erst über ihre Gefühle gegenüber Falkon klar werden musste, damit die Wassermagie funktioniert.

Auch Sheila sagte ihr, dass sie die Magie erst voll beherrschen wird, wenn sie Falkon endlich sagt, was sie fühlt. Da ihre fragenden Gefühle für ihn, ihre Magie hemmt.

Talia war schockiert. Also lag es nicht daran, dass sie es nicht vermochte, sondern weil sie nicht wusste, wie Falkon zu ihr steht.

„Was soll ich jetzt machen? Ich kann Falkon doch nicht einfach sagen, dass ich mich in ihn verliebt habe", entgegnete Talia.

„Doch, das kannst du!", erwiderte Sheila.

„Nein, eine Frau macht so was nicht. Den ersten Schritt muss schon Falkon tun. Ich könnte es nicht ertragen, wenn er in mir nur eine Freundin sehen würde".

Talia war aufgewühlt. Sie wollte weiter mit Sheila darüber reden, als die kleine und große Gangway angelegt worden war. Triono war wie jede andere Stadt, hier stand der Handel mit Fisch an erster Stelle. Nachdem sie von Bord schwankten, lief die Nachricht, dass sich Einhörner am Hafen befanden, wie ein Lauffeuer durch die kleine Stadt. Schnell entstand ein Menschenauflauf, jeder wollte sie sehen.

„Schaut, da sind sie!"

„Oh, wie bezaubernd sie sind!"

„Es gibt sie wirklich".

Hörte man von allen Seiten die Massen rufen. Die Gruppe wurde eingekreist, sie kamen nicht mehr voran.

„So macht Platz, lasst uns durch", forderte Falkon die Menschenmenge auf.

Den Einhörnern war es sichtlich peinlich, dass sie der Grund waren, dass es nicht vorwärtsging. Talia spürte dieses und bahnte sich einen Weg zu den beiden.

„Seid nicht betrübt. Die Feen schauen euch nur an, weil ihr etwas Besonderes seid. Sie wissen nicht, dass es eines Tages normal sein wird Einhörner zu sehen. Hoch mit euren Köpfen, ihr habt das Recht ihnen Stolz entgegenzutreten. Genießt es, dass ihr bewundert werdet". Beide Einhörner nickten und erhoben majestätisch ihre Köpfe.

Ein Raunen erfühlte die Menge.

„Oh".

„Ah".

„Wie bildschön sie sind".

Nur langsam kamen sie voran, doch nach gefühlten Stunden, hatten sie die Stadt endlich verlassen.

Entscheidung

„Hört das denn nie auf", jammerte Schattenfell.

Fleckchen sagte gar nichts, sie war nur verängstigt.

„Doch es hört auf, aber das braucht Zeit", beruhigte Talia die Einhörner.

Fleckchen schaute Talia groß an.

„Ganz bestimmt?"

„Ja Fleckchen, wenn die Einhörner nicht mehr versteckt leben, sondern mit uns zusammen, wird es schön sein euch zu sehen. Bei den Trollen war es fast genauso, nur das man Angst hatte, wenn man sie sah. Jetzt ist ihr Anblick normal und keiner hat mehr Angst", erklärte Talia.

„Bei uns wird es nur länger dauern, dass sich alle an uns gewöhnt haben", erwiderte Fleckchen.

„Das mag sein, aber ich möchte nicht mehr im Verborgenen leben, auch wenn ich zurückgehen

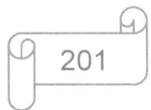

könnte, ich wollte es nicht. Es ist schön, das Land nun zu zweit durchwandern zu können. Da nehme ich es gerne in Kauf, von manchen angestarrt zu werden. Nur eben war mir das auf einmal zu viel", sprach Schattenfell und sah Fleckchen verliebt an.

Jetzt wurde es auch Talia bewusst, dass hier eine neue Generation von Einhörnern heranwachsen wird. Einhörner, die mit ihnen zusammen leben werden.

„Sag Schattenfell, ihr müsst doch einen Ort haben, den ihr als Heimat ansehen könnt. Hast du dir darüber schon einmal Gedanken gemacht?", fragte Sheila.

„Ja, das habe ich und dies schon mit Fleckchen besprochen. Wir sind uns aber nicht einig, sobald alles überstanden ist, werden wir uns entscheiden und es dann erst verkünden", erklärte Schattenfell.

„Was ich mich Frage. Du bist doch von den schwarzen Bergen gekommen. Man hätte dich in Triono schon einmal gesehen haben, oder wie bist du auf die andere Seite des Sees gekommen?", fragte Sheila und sah dabei Fleckchen an.

„Jetzt wo du fragst, wundert es mich auch. Ich bin mit dem Magier auf die andere Seite gekommen. Er hat mir ein Kraut zu fressen gegeben, an mehr kann ich mich nicht erinnern. Wie und wann wir durch die Stadt und über den See gefahren sind, keine Ahnung. Ich glaube, er hat ein Zauber über mich gelegt, dass mich keiner erkannte, oder aber er hat alle auf dem Schiff manipuliert", versuchte Fleckchen zu erklären.

„Ja, so könnte es gewesen sein", entgegnete Sheila.

Schnell hatten sie ihr Lager aufgebaut. Talia rang immer noch mit sich, sollte sie wirklich den ersten Schritt machen. War es nicht ihre Pflicht, dass sie alle Elemente beherrschte? Was wäre, wenn sie ausgerechnet die Wassermagie gegen Batar bräuchte? Jetzt im Moment würde sie kläglichen versagen. Sie schaute zu Falkon und seufzte, wie gerne würde sie in seinen Armen liegen, seine Wärme spüren. Talia wusste nicht, was sie tun sollte. Es war fast so, als ob zwei Wesen auf ihrer Schulter saßen. Der eine sagte immer wieder.

„Geh, es ist deine Pflicht als Magierin dich Falkon zu offenbaren".

Doch der andere meinte dann.

„Willst du, dass er denkt, du schmeißt dich an ihn ran, nein, das willst du nicht. Er muss auf dich zukommen, schließlich bist du eine Magierin".

Talia wurde schon fast verrückt. Einmal dies, einmal das, was war das Richtige. Sie war tief in ihren Gedanken versunken. Erst Sheila holte sie aus ihren Gedanken heraus.

„Du weißt nicht, was du tun sollst, oder?" Talia nickte nur.

„Darf ich dir einen Rat geben oder wäre das jetzt zu viel?".

„Ist schon gut. Was würdest du an meiner Stelle tun?"

„Höre auf dein Herz, nicht auf dein Verstand. Dein Herz gibt dir immer den richtigen Rat". Wieder seufzte Talia auf.

„Warum ist das mit der Liebe nur so schwer?".

„So ist das nun mal. Komm, trau dich. Selbst wenn Falkon deine Gefühle nicht teilt, dann weißt

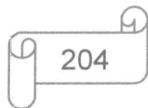

du wenigstens, woran du bist", entgegnete die Freundin.

„Ach Sheila, es ist so schwer!".

„Na los, jetzt geh zu ihm". Mit diesen Worten schob Sheila sie Richtung Falkon.

Carion, der das Gespräch, der beiden mitbekommen hatte, wollte sich einmischen, doch ein Blick von Sheila genügte. Langsam mit zittrigen Beinen schlenderte Talia auf Falkon zu. Was sag ich nur? Wie fange ich an? Das kreiste immer wieder durch ihren Kopf. Sie war so in ihren Gedanken, dass sie in Falkon rein lief.

„Hoppla, wer kommt denn da in meine Arme".

Falkon war erstaunt, dennoch zierte ein Lächeln sein Gesicht. Talia wurde rot und verlegen. In der Hoffnung, dass er ihre Röte nicht bemerken würde, senkte sie ihren Kopf.

„Entschuldigung, kann ich dich unter vier Augen sprechen?", fragte sie zaghaft.

„Na klar", kam von Falkon freundlich.

Die beiden schlenderten stumm ins Land hinein. Sie fühlte wieder seine Wärme, dies gab ihr Mut.

„Lass uns hier ins Gras setzen", bat sie.

„Hat Carion denn nichts dagegen, dass wir hier alleine sind?".

Falkon schaute sich um, ob Carion ihnen hinterhergekommen ist, wie ein Wachhund und jeden Moment sich zwischen ihnen drängen würde. Doch vom Jäger war nichts zu sehen, selbst Hafu bewachte Talia nicht.

„Nein, er hat eingesehen, dass er sich nicht einzumischen hat", entgegnete Talia.

Über Falkons Gesicht huschte wieder ein Lächeln. Endlich war er mit Talia alleine. Jetzt konnte er ihr sagen, was er für sie empfindet. Doch wie sollte er das anstellen. Falkon holte tief Luft und ohne weiter nachzudenken sprach er:

„Ich mag dich Talia", dabei lief er rot an.

Talia sah ihn mit offenem Mund und großen Augen an. Hatte sie eben richtig gehört? Sagte er, er würde sie mögen. Enttäuscht seufzte sie auf. Er mag mich nur, wie schade, dachte Talia.

„Habe ich es dir nicht gesagt, er denkt sicher, du schmeißt dich nur aus Vergnügen an ihn ran", flüsterte dieses Wesen auf ihrer Schulter, welches nicht da war, es existiert nur in ihren Gedanken.

„Hast du gar nichts zu sagen oder was wolltest du von mir?", fragte Falkon.

„Doch, doch", sagte sie schnell und noch schneller, sodass man es kaum verstehen konnte.

„Ich habe mich verliebt!"

„In wen?", fragte Falkon, in der Hoffnung, dass es kein anderer sein würde.

Es brodelte in Talia. Ist dieser Kerl schwer von Verstand?

„In dich, du Idiot", rief sie laut und sprang auf.

Sie hatte vor wegzugehen, weg von ihm. Doch Falkon sprang ebenfalls auf und hielt sie fest. Er nahm sie in die Arme und küsste sie. Erst vorsichtig und zaghaft berührten seine Lippen die ihrigen. Er spürte, dass sein Kuss erwidert wurde. So wurde ihr Kuss inniger. Talia schwebte wie auf Wolke sieben. Beide kehrten sie Hand in Hand und lächelnd ins Lager zurück. Ob es jetzt mit der Wassermagie klappte? Talia probierte es gleich aus und wurde enttäuscht.

Mit Tränen in den Augen setzte sie sich verzweifelnd auf den Boden. Sie hatte ihre Liebe doch gestanden. Warum klappte es denn nicht?

„Was ist los? Warum bist du so traurig? Habe ich etwas falsch gemacht?", fragte Falkon besorgt.

„Die Wassermagie sollte doch jetzt funktionieren", schluchzte sie.

„Ach Talia, lass dir und deinem Herzen erst einmal Zeit, um alles zu verarbeiten. Genieße es, glücklich zu sein, und du nicht mehr deine Gefühle hinterfragen muss", mischte sich Sheila ein.

„Genieße dein Glück und übe jeden Tag, dann wird es schon klappen", entgegnete Daghat und ihr Vater nickte dazu. Sie wischte ihre Tränen fort und nickte ebenfalls. Des Nachts lag Falkon dicht bei Talia, nicht einmal Hafu hatte was dagegen, dass die beiden Händchen halten, einschliefen.

Die zwei wachten genauso auf, Händchen haltend. Talia strahlte Falkon an. Sie konnte es noch nicht wahrhaben, dass sie jetzt ein Paar waren.

„Guten Morgen Schönheit", sagte Falkon. Es erging ihm genauso, es war fast wie ein Traum.

„Guten Morgen. Ist es wirklich wahr, kein Traum?", fragte Talia.

„Ich kann dich ja mal kneifen", grinste Falkon.

„Unter stehe dich. Ich glaube es auch so", lachte Talia.

„Na ihr Turteltauben, ausgeschlafen?", fragte Carion grinsend. Dann sah er ernst Falkon an.

„Wehe sie wird deinetwegen, Tränen vergießen. Dann wirst du mich kennenlernen".

„Vater, lass das", drohte Talia.

„Ach menno, nicht einmal eine Warnung darf man aussprechen ", grollte Carion.

Falkon hatte die Drohung schon verstanden.

„Lass ihn doch. Ich würde meine Tochter ebenso beschützen wollen", lachte er.

„Na gut, aber nur ein klein bisschen", lachte Talia.

Nur Carion grummelte, er fühlte sich auf den Arm genommen.

Einige Männer wurden in die Stadt geschickt. Sie sollten den Proviant auffüllen, dafür nahmen sie den Planwagen mit, denn die Wasserfässer mussten ebenfalls befüllt werden.

In der Zwischenzeit nahm Daghat sich Talia beiseite und übte mit ihr weiterhin die Wassermagie.

„Ach Talia, was ist nur los mit dir. Wo bist du mit deinen Gedanken, konzentriere dich", raunzte Daghat sie an. Doch Talia schwebte auf Wolke sieben, sie vermochte sich nicht zu konzentrieren. Daghat gab erst einmal auf. So konnte er nicht mit ihr üben.

Fenjas Hütte

Nachdem die Männer zurück waren, schaute alle Sheila fragend an. Sie war ja die, die sich in diesem Landstrich an besten auskannte.

„Wir reisen erst einmal zu Fenjas Hütte, dafür müssen wir aber durch den Knarzwald, den wir in einer Tagesreise erreichen", gab sie ihr neues Ziel vor.

So begaben sie sich auf den Weg. Falkon ritt nicht mehr vorne weg, sondern neben dem Planwagen. Er begehrte, solange es möglich war an Talias Seite zu sein.

„Du bist verpflichtet, vorne zu reiten. Wie sieht das für deine Männer aus? Schau sie Grinsen und tuscheln alle schon", sagte Talia und sah ihn mit einem betörenden Augenaufschlag an.

Falkon war hin- und hergerissen, aber er sah es ein. Er war der Kommandant und somit ein Vorbild, dazu passte ein verliebter Mann so gar nicht.

„Und du bist nicht ungehalten?", fragte er besorgt.

„Nein, es ist doch deine Pflicht, Gefahren schon zu erkennen, bevor wir sie sehen. Das kannst du aber nur, wenn du vorne bist. Los, ich laufe dir doch nicht weg". Talia lächelte ihn an, dass Falkon seufzend sein Pferd antrieb, um die Spitze der Kolonne zu erreichen.

Auch hier, auf der anderen Seite des großen Sees, spürte man den Einfluss des verwunschenen Sees, kein einziger Vogel stimmte sein Gesang an. Man bekam auch keine mehr zu Gesicht, scheinbar haben sich alle Vögel verkrochen. Spät am Nachmittag kamen sie am Knarzwald an. Falkon wollte weiter, doch Sheila hielt ihn zurück.

„Wir werden hier bis Morgen rasten, des Nachts durch wandert man den Knarzwald nicht. Die Knarze mögen, dass nicht, wenn Fremde in ihren Wald sind. Nur ein paar Gnome ist es gestattet, des Nachts im Wald zu sein. Alle anderen würden die Knarze angreifen. Wenn dir und unser Leben lieb ist, dann warten wir. Sobald die Sonne aufgeht, schlafen die Knarze und wir können unbeschadet durch den Wald", erklärte Sheila.

Falkon ließ sich überreden, so wurde abermals das Lager aufgebaut.

Da er keine Zeit für Talia hatte, übte sie wieder, dieses Mal aber alleine. Sie versuchte etwas Wasser aus dem Boden zu wirken. Sie schaute nicht schlecht, als eine kleine Wasserlache vor ihren Füßen auftauchte.

„Juhuuuu", jubelte sie laut auf. Alle Blicke richteten sich auf sie.

„Was ist passiert, dass du so jubelst?", fragte Daghat.

„Schau doch", sagte Talia und zeigte auf den Boden.

„Und was ist da zu sehen?", grummelte Daghat.

„So schaut doch. Ich habe Wasser aus dem Boden gezaubert", sagte Talia stolz und ein wenig enttäuscht das Daghat es nicht gleich sah.

„So, hast du es endlich geschafft. Na ja wenigstens diesen kleinen Zauber bekommst du schon mal hin. Deswegen brauchst du nicht gleich so hurra schreien. Diese Magie kann jeder Anfänger", raunzte Daghat weiter.

Für Talia war es was Großartiges gewesen, endlich war der Bann gebrochen. Dennoch war sie traurig, sie hatte ein wenig mehr Lob von Daghat erwartet. Auch wenn sie jetzt traurig war, so spornte es sie auch an, das Daghat so gleich gültig tat. Das werde ich dir zeigen, dass ich noch ganz andere Wassermagie wirken kann, dachte sie mit etwas Wut im Bauch, die Traurigkeit war verflogen.

„Na meine Schöne, was machst du für ein Gesicht?", fragte Falkon, der wieder Zeit für Talia hatte.

„Ach lass mich, ich bin sauer!", erwiderte sie verärgert.

„Wer hat dir so deine Laune vermiest?"

Mit dieser Frage nahm Falkon sie in die Arme. Talia spürte seine Wärme, so wich die Wut aus ihren Körper.

„Es ist schon gut. Ich habe nur zu viel vorausgesetzt. Wenn ich es so betrachte, glaube ich, dass Meister Daghat das Richtige tat, auch wenn er es schonender hätte sein können". Falkon verstand nur Bahnhof. Er hatte von allem nichts mitbekommen.

„Was hat Meister Daghat gemacht?", fragte er nach.

„Mich nur von hohen Ross geholt. Es ist alles gut". Talia lachte wieder, ihr Groll war vollkommen verschwunden.

Am Lagerfeuer zeigte Daghat zum ersten Mal, was er mittlerweile auf der Gitarre gelernt hatte.

Er war stolz auf das, was er schon vollbrachte. Für einen Augenblick kam in Talia der Groll gegen ihn wieder hoch. Am liebsten hätte sie ihm die passenden Worte an den Kopf geworfen. Sie ließ es aber bleiben, es gehörte sich nicht den Meister so vorzuführen.

Damit sie nicht nur diese zwei Lieder von Daghat hören mussten, wechselten sie sich auf der Gitarre ab. Talia sang Lieder aus der Menschenwelt, die für die Ohren der anderen so ungewöhnlich klangen, dass alle lauschten. Sie wurde aufgefordert, das eine oder andere Lied nochmals zu spielen. Was sie gerne tat. Schnell hatten die Feen den Text gelernt und sangen laut mit. Selbst Daghat stimmte mit seiner Bassstimme ein. Talia freute sich, sie liebte es, wenn alle mit ihr sangen. Nur Falkon sang nicht, er schaute Talia nur begeistert an. Er war glücklich, dass er so eine begabte Partnerin hatte. Die Musik ließen alle für einen kurzen Moment vergessen, mit was für einen Auftrag sie unterwegs waren. Nach einiger Zeit übermannte sie die Müdigkeit. Jeder kroch in seinen Schlafsack und mancher summte noch eine Melodie, bis es dann still wurde.

Bei Sonnenaufgang brachen sie in den Knarzwald auf. Talia schaute, ob sie Knarze entdecken würde, als Sheila auf einmal erschrak.

„Was ist los?", fragte Talia.

Sheila stoppte den Planwagen, stieg ab und lief zu ein paar ungewöhnlich aussehende Zweige, die auf dem Boden lagen.

„Was ist hier nur passiert? So schaut doch, überall liegen tote Knarze auf dem Boden", Sheila Stimme klang weinerlich.

„Du meinst, diese blattlosen Zweige, das sind Knarze?", fragte Talia verwundert.

„Ja und sie leben auf den Bäumen. Sie kommen nur des Nachts auf den Boden. Am Tage findet man sie ganz oben auf den Bäumen, da wo sie nah an der Sonne sind und schlafen. Doch warum sind diese hier Tod?", fragte Sheila und schaute alle an, als ob sie die Antwort wüssten.

„Woher weißt du, dass sie Tod sind?", Daghat stupste einen der Knarze mit dem Fuß an.

„Weil sie alle ausgetrocknet sind. Sie sind steif und hart, gar nicht mehr geschmeidig und biegsam", erklärte Sheila traurig weiter.

Sie fühlten mit Sheila mit. Jedes Lebewesen hatte eine Bestimmung im Feenland. Was mit dem Knarzwald passieren wird, wenn alle Knarze tot sein sollten, das konnte keiner sagen. Keiner weiß, warum die Knarze nur hier lebten und was sie für den Wald taten. Selbst die Einhörner hatten keine Ahnung, was hier passiert war. Es bedrückte sie alle und jeder hing seine Gedanken nach.

Sie brauchten die ganzen Sonnenstunden, bis sie durch den Knarzwald waren. Auf der anderen Seite, es dämmerte schon, richteten sie wieder ihr Lager auf. Traurig und stumm begaben sie sich zur Nachtruhe. Keinem war nach Musik zumute, wie die Nacht zuvor.

Die ersten Sonnenstrahlen weckten sie auf. Vor ihnen lag das Wiesenland. Von Kaja wusste Talia, das manche Blumen gar keine Blumen waren, sondern schmetterlingsartige Wesen. Die ganze Zeit suchte Talia das Wiesenland nach diesen

Wesen ab. Doch sie entdeckte nichts, nur Bienen, die von einer Blüte zur anderen flogen. Sheila die Talias suchenden Blick bemerkte, fragte sie, wonach sie denn Ausschau hielte.

„Ich suche die fliegenden Blumen", erklärte Talia.

Sheila grinste, sie wusste welche Wesen Talia zu finden erhoffte.

„Ach, du meinst die Blumso".

„Die was?", fragte Talia und schaute Sheila verwundert an.

„Blumso, so heißen die Schmetterlingswesen. Leider wirst du jetzt keine entdecken, erst in zwei Wochen sind sie wieder da. Im Moment ist ihre Ruhezeit angebrochen", erklärte Sheila.

Talia war etwas enttäuscht, sie hätte sie gerne gesehen.

„Wie weit ist es denn bis Fenjas Hütte?", fragte Falkon, der wieder einmal neben dem Planwagen ritt.

„Es ist nicht mehr so weit, in ein paar Stunden haben wir es geschafft".

Sheila freute sich schon auf ihr zu Hause. Im Wiesenland fühlte sie sich am wohlsten. Hier war sie frei, keine Häuser und Straßen engten sie ein. Hier hatte sie alles, was sie brauchte, da sie alles selber anpflanzte. Sheila hatte ein paar Obstbäume und einen großen Garten, wo das Gemüse wuchs. Auch hatte sie drei Hühner und zwei Schafe. Für die Zeit wo sie weg war, hatte sie den Hühnern so viel fressen hingelegt, dass diese nicht hungern mussten. Wasser fanden die Tiere im Bach, ansonsten gab es ja jede Menge sattes Gras. Die Tiere bei Sheila waren niemals eingesperrt, sie liefen alle frei herum. Die Hühner kamen immer, wenn sie ein Ei legen wollten, in die Scheune und die Schafe waren stets in der Nähe des Hauses.

So wie Sheila es gesagt hatte, waren sie nach einigen Stunden bei der Hütte. Alle waren erstaunt, sie hatten eine Hütte erwartet, doch was sie sahen, war ein großer Bauernhof, mit großem Haus und einer großen Scheune.

„Da hast du ja ganz schön untertrieben, von wegen Hütte", sagte Talia.

„Na ja, zu Fenjas Zeit war es auch nur eine Hütte. Ich habe es mit den Jahren und mit Hilfe einiger Gnome, das hier daraus gemacht", sprach Sheila mit Stolz in der Stimme.

Nachdem sie vor dem Haus hielten, kam Sirus, ein Gnom, aus dem Haus gelaufen. Erst sah er grimmig und boshaft auf die Feen, die es wagten, so auf den Hof zu fahren. Doch als er Sheila sah, erhellte sich sein lederartiges, haarloses Gesicht und hüpfte freudig auf seinen kleinen Beinen. Dabei rief er immer wieder Sheilas Namen.

„Beruhige dich Sirus, ich freue mich ja, auch dich zu sehen. Doch was machst du hier? Warum bist du nicht im Knarzwald?", fragte Sheila und kniete sich zu Sirus hinab.

„Ich wusste nicht, wohin ich sollte. Dieser Magier, er wütete im Knarzwald. Wer nicht schnell genug aus seinem Wirkungskreis war, fiel Tod um. Ich sah, wie die Knarze so von den Bäumen fielen. Da floh ich zu dir, doch du warst nicht da. So kümmerte ich mich um die Tiere und den Garten", erklärte Sirus.

„Was ist mit den anderen Gnomen passiert?", fragte Sheila weiter nach.

„Das weiß ich nicht. Ich hoffe, dass sie Leben. Nur ich habe zu viel Angst, dass dieser Magier weiterhin im Knarzwald ist", versuchte sich Sirus zu verteidigen, dabei schaute er beschämt zu Boden.

„Es ist schon gut, es ist keine Schande Angst zu haben. Ich habe manchmal auch Angst", mischte sich Talia ein.

Der Gnom schaute sie mit seinen großen Augen ungläubig an.

„Wirklich? Ich dachte immer, Feen haben vor gar nichts Angst", meinte Sirus.

„Jedes Lebewesen verspürt Angst, der eine etwas mehr als ein anderer. Aber sag, müssen wir das alles hier draußen besprechen?", fragte Talia und schaute sehnsüchtig auf die Eingangstür. Sirus erschrak.

„Nein, nein. Kommt herein, dies ist ja das Haus von Sheila nicht meines, auch wenn ich mir hier wie zuhause fühle".

Sirus gab den Weg ins Haus frei und schaute dabei Sheila bittend an. Sie verstand diesen Blick sofort. „Natürlich darfst du hierbleiben! Wer hier so liebevoll auf alles achtgegeben hat, den werde ich doch nicht vor die Türe setzen." Der Gnom strahlte über das ganze Gesicht und freute sich, dass er bleiben durfte. Im Haus war alles sauber, kein Staubkorn lag herum. Sirus hatte sich wirklich um alles gekümmert.

Leider gab es im Haus nicht für alle einen Schlafplatz. Sirus gab sein Zimmer frei und schlief in der Scheune, wie die meisten der Gruppe. Nur Talia, Falkon, Carion, Daghat und natürlich Sheila schliefen im Haus.

Talia war erstaunt, dass Sheila hier, soweit ab der Stadt, eine Oase geschaffen hatte. Es war kein Wunder, dass sie sich hier am wohlsten fühlte.

Carion war genauso erstaunt, doch ihn fehlte der Schutz des Waldes. Er seufzte auf. Wie soll das

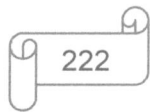

nur passen, Sheila liebt ihr Wiesenland und ich meinen Wald, dachte er. Innerlich zerriss es ihn, denn er hatte sich total in Sheila verliebt. Es musste einen Weg geben, den sie gemeinsam gehen konnten. Doch im Moment sah er keinen. Carion zog sich, in sich zurück und vergrub seine Gedanken. Er ließ keinen an seine Sorgen heran. Nur Talia registrierte, dass mit Carion etwas nicht stimmte. Sie hätte nur hinter seine Mauer springen brauchen, denn dies beherrschte sie sogar besser als eins Kaja. Talia brauchte keine Lücke zu suchen, sie vermochte wie ein Geist, der durch Wände gehen konnte, hinter jeder Mauer zu springen. Sie brauchte nur ein einziges Mal jemanden in die Augen zuschauen, danach langte es, dass derjenige in ihrer Nähe war. Doch sie handelte so nicht, sie empfand es als Verletzung der Feenwürde, genauso war es mit der Manipulation. Diese würde sie nur anwenden, wenn es nicht anders machbar war oder um andere und sich zu schützen. So blieb Talia nichts anderes übrig als ihren Vater zu fragen.

„Vater, was ist los mit dir? Versuch gar nicht erst, es zu leugnen, ich sehe es dir an, dass etwas nicht stimmt". Sie sah ihren Vater nicht als seine Tochter an, sondern als eine Freundin, die sich Sorgen machte.

„Ach Talia, wie solltest du mir einen Rat geben können. Du bist noch so jung und unerfahren", antworte er leise und traurig. Caron wäre froh, wenn jemand einen Ausweg wüsste, der ihn aus seinem Dilemma herausholte.

„Auch wenn ich jung bin, habe ich eine eigene Meinung. Also raus mit der Sprache, was bedrückt dich?" So erzählte Carion in was für eine Zwickmühle er war. Er war entschlossen, sich Sheila erst zu offenbaren, wenn er eine Lösung gefunden hätte. Talia musste ebenfalls eine Zeitlang überlegen.

„Ich habe es!", sagte sie auf einmal.

„Was hast du?"

„Na, eine Lösung für dein Problem!"

„Wirklich?"

„Aber sicher". Carion konnte es nicht glauben, ausgerechnet seine Tochter sollte eine Lösung gefunden haben.

„Was ist deine Lösung?", fragte er wissbegierig. Talia schmunzelte.

„Du liebst Sheila wirklich?", fragte sie und schaute Carion erwartungsvoll an. Er nickte nur.

„Na dann ist es doch klar. Du wirst hier bei Sheila Leben".

„Aber was ist mit meinen Wald, ohne ihn würde ich eingehen", protestierte er.

„Lass mich doch aussprechen. Was spricht denn dagegen, dass hier nicht ein Wald entstehen könnte?". Talia strahlte ihren Vater an.

„Wie sollte das denn funktionieren, so etwas braucht Jahrzehnte, bis aus kleinen Bäumchen ein großer Wald entsteht". Carion war nicht überzeugt, die Traurigkeit war stärker als die Hoffnung.

„Ach Vater, vergesse doch nicht immer, dass ich eine Magierin bin. Ich kann nicht nur die Elementarmagie, ich beherrsche weit mehr. Mit

Hilfe von Meister Daghat sollten wir das hinbekommen, das die Bäume schneller wachsen", erklärte Talia stolz.

Carion sein Gesicht klärte sich auf.

„Wenn das möglich wäre, ja dann könnte ich hierbleiben, hier bei Sheila", rief Carion begeistert.

„Habe ich da eben meinen Namen gehört?", fragte Sheila die aus der Küche, ins Wohnzimmer kam.

Carion erschrak und zuckte zusammen. Er schaute Sheila an und fragte sich, ob sie irgendetwas von dem Gespräch mitbekommen hatte. Da Sheila fröhlich aussah, schien es nicht so.

„Habt ihr über mich gesprochen?", fragte sie nochmals.

Carion wusste nicht, was er antworten sollte, so nahm Talia es ihm ab.

„Ja und nein. Wir sprachen darüber, wie schön du es hier hast und wie es wäre, wenn es hier ein Wald geben würde. Es wäre denkbar, das Schattenfell hier glücklich sein könnte, wenn es einen Wald gäbe, in dem man ohne Angst lebt.

Carion meinte eben, dass es nötig wäre dich zu fragen, aus diesem Grund ist dein Name gefallen".

Talia wurde nicht einmal rot, bei dieser Halblüge.

Carion atmete auf und sah Talia dankend an.

„Hm, ein Wald für die Einhörner. Ja das wäre fantastisch. Ich liebe diese edlen Wesen, sie in meiner Nähe zu wissen, dieses wäre unglaublich", schwärmte Sheila.

„Wenn es hier einen Wald gibt, dann braucht man einen Jäger oder Förster, der sich um den Wald kümmert. Würde dir da jemanden einfallen, der diese verstände, um die Aufgabe zu übernehmen?", fragte Talia wieder und grinste.

„Im ersten Moment fällt mir keiner ein, aber wer weiß, vielleicht bewirbt sich ja ein edler Mann um diesen Job", antwortete Sheila, die ebenfalls grinste. Sie zwinkerte Talia zu, sie wusste genau, an wen Talia gedacht hatte. Doch dieser sollte sie selber fragen und nicht seine Tochter für ihn das tun lassen.

„Oh, ich muss dringend nach den Pferden schauen", sagte Carion auf einmal und verschwand.

Sheila und Talia fingen an zu Lachen.

„Wann beabsichtigt er, endlich etwas zu sagen?", seufzte Sheila.

„Ach Sheila, muss ich dir jetzt den gleichen Rat geben, denn du mir gabst?"

Talia schaute sie verwundert an. Sie hatte nicht gedacht, dass Sheila genau so war wie sie.

Sheila atmete tief durch.

„Du meinst, ich sollte den ersten Schritt machen?"

„Ja, das solltest du, da ich glaube, das Carion zu schüchtern ist um den ersten Schritt zutun. Warte nicht, bis unsere Aufgabe erledigt ist, rede jetzt mit ihm. Keiner von uns weiß wie, dass alles hier ausgehen wird", forderte Talia sie auf.

„Aber". Sheila hatte einen Einwand, doch Talia ließ dieses nicht zu.

„Nichts aber, du gehst jetzt raus und redet mit ihm. Ich kann keinen Mann in der Gruppe gebrauchen, der mit seinen Gedanken woanders ist", sagte Talia und schob sie nach draußen.

Nachdem Sheila aus der Tür war, atmete Talia tief durch.

„Das war schwer", sagte sie laut.

„Was war schwer?", fragte Falkon, der hereinkam.

„Ach nicht so wichtig", erwiderte Talia nur.

„Na, wenn meine Schöne das meint, dann wird es auch nicht wichtig sein".

Falkon gab Talia einen Kuss und setzte sich zu ihr.

„Wir sollten bald wieder aufbrechen. Bis zum schwarzen Gebirge ist es noch ein gutes Stück. Wenn wir da sind, beginnt unsere Suche erst. Batar kann überall versteckt sein und das Gebirge ist riesig", äußerte Falkon.

„Ich weiß, aber lass uns wenigstens ein paar Tage hierbleiben. Wir alle brauchen etwas Erholung", bat Talia.

„Na gut, zwei Tage gönne ich uns. Du solltest diese nutzen, um weiter zu üben".

Erschöpfung

Talia sah Falkon an, als ob sie fragen wollte, ob das denn sein müsste. Doch sie fragte nicht, denn sie kannte die Antwort. Sie musste laut Daghats Aussage, unbedingt die Festigungsmagie und die Wasserwandmagie auf jeden Fall beherrschen. So ging Talia, am nächsten Morgen, zu dem Bach hinunter und versuchte das Wasser zu festigen. Es sollte nicht aus Eis sein, sondern aus einer festen durchsichtigen Masse. So sprach sie ihren Spruch und schaute konzentriert auf das Wasser. Ein paar kleine Stellen wurden fest, doch das war natürlich zu wenig. Trotzdem war Talia glücklich, der erste kleine Erfolg für diesen schwierigen Zauber war geschafft. Sie probierte es ein zweites, drittes, viertes und fünftes Mal, aber er wurde nicht besser. Im Gegenteil Kaja fühlte sich auf einmal ausgelaugt, als ob die Magie, ihr die Kraft entzogen hat. Sie setzte sich auf den Boden und atmete schwer durch.

„Ah, hier bist du. Ich habe dich schon gesucht",
rief Daghat von weitem. Als er bei Talia ankam,
sah er, dass sie ganz blass war.

„Oh, oh. Du hast dich verausgabt, zu viele
Versuche für einen einzigen Zauber. Ein Wechsel
der Elemente wäre besser gewesen, das hätte dir
nicht so viel Kraft gekostet. Hat es wenigstens
geklappt, mit dem, was du wirken wolltest?"
Daghat stand vor ihr und schüttelte den Kopf, über
ihren Zustand.

„Nur ein klein wenig. Ich versuchte, das Wasser
zu festigen, so wie ihr es mir gezeigt habt. Doch
es wurden nur ein paar Stellen fest und jetzt bin
ich müde", entgegnete Talia.
Daghat grinste sie an.

„Dann bist du endlich auf den richtigen Weg.
Doch solange du übst, wirke nicht den gleichen
Zauber zu oft hintereinander, sondern Wechsel
kurz auf den Gegenzauber. Wenn du eine
Wassermagie wirkst, wirke anschließend die
Luftmagie.".

„Halt, halt Meister Daghat, da erzählt ihr mir etwas Neues. Warum habt ihr mir das nicht schon viel früher gesagt. Erklärt es mir bitte nochmal", bat Talia.

„Ich wollte dir das erst sagen, wenn du alle Elemente beherrschst. Doch nun glaube ich, dass ich das viel früher hätte tun sollen. Vielleicht wärest du dann schon weiter. Also höre zu:

Wasser ist stärker als Feuer.

Feuer ist stärker als Luft.

Luft ist stärker als Wasser.

Erde ist stärker als Luft.

Wenn dich jemand mit einem Wirbelsturm angreift, musst du ihn mit einem Erdzauber, zum Beispiel einer Felsenwand bekämpfen", erklärte Daghat.

„Gut das habe ich verstanden, wenn Batar mich mit Feuermagie angreift, kann ich mich mit Wassermagie schützen. Doch welche Magie wende ich gegen Erdmagie an?", fragte Talia um alles zu verstehen, was ihr sehr schwerfiel.

„Da würde es sogar zwei geben, es kommt drauf an, wie stark die Erdmagie ist. Ich würde als Erstes immer Wasser einsetzen. Doch sollte das nicht den gewünschten Erfolg zeigen, dann kann man einen Feuerzauber einsetzen. Man muss abwägen, welcher Gegenzauber am besten wäre", versuchte Daghat, zu erklären.

„Das ist ganz schön kompliziert", meinte Talia.

„Ach was! Du musst noch lernen deine Magie schnell und stumm zu wirken. Denke deine Formel dann hast du einen Vorteil. Ich weiß, dass du das kannst. Du brauchst deine Formel nicht laut sprechen wie die meisten Magier. Mit viel Glück muss Batar seine Formel laut aussprechen. Da alle Formeln immer aus wenigstens zwei Wörter zusammengesetzt sind und das gewünschte Element immer als erstes genannt wird, musst du nur gut hinhören. So weißt du, falls du dich verteidigen musst, welches Element dein Gegner benutzt", erklärte Daghat weiter.

Ihr rauschte der Kopf. Das erzählt er mir jetzt, wo ich so müde bin, dachte sie. Talia musste sich so sehr konzentrieren, um nicht einzuschlafen. Doch sie konnte es nicht verhindern, dass ihr die Augen zufielen. Erschrocken riss sie die Augen wieder auf.

„Oh, entschuldige Talia. Jetzt bin ich es der dich überfordert. Komm, du solltest etwas schlafen. Wir reden später weiter".

Daghat war so unsagbar freundlich, dass Talia ihn skeptisch an sah.

„Was schaust du so misstrauisch?", brummte er wieder. Diesen Blick von Talia begeisterte ihn so gar nicht. Er hatte immer das Gefühl, das sie genau wusste, was er dachte, so hatte es meistens den Anschein.

„Ja, ich zeige euch ein paar neue Griffe, damit ihr üben könnt", versprach Talia.

Manchmal war Daghat für sie wie ein Buch in dem man zu lesen vermochte und im nächsten Moment war er verschlossen wie ein Siegel. Ab und an fragte sie sich, wer der wahre Daghat war, das Buch oder das Siegel. Mit einem breiten Grinsen, welches man nur an seinen Augen erkannte, half der Zwerg ihr auf und führte sie zum Haus.

„Was ist passiert, ist Talia verletzt? Was habt ihr mit ihr angestellt?", polterte Tristan los. Ihr Gesicht war schlohweiß, als ob jegliches Blut aus ihrem Angesicht gewichen sei.

„Immer mit der Ruhe, junger Freund. Sie hat sich nur ein wenig verausgabt. Nur gut, dass es hier geschehen ist. Ich hätte mir die größten Vorwürfe gemacht, wenn ihr das im Kampf gegen Batar passiert wäre", entgegnete Daghat.

Talia lag mittlerweile in ihrem Bett und schlief.

„Dann ist es doch eure Schuld, scheinbar habt ihr sie nicht richtig unterwiesen. Oder gibt es, da noch etwas Wichtiges, was ihr uns verheimlicht?", grollte Falkon.

„Nein, ihr wisst alles, was ihr Wissen müsst", knurrte Daghat ihn wütend an.

Wie kann dieser Jungspund, mich nur so kritisieren das steht ihm nicht zu, dachte Daghat. Doch bevor er etwas Unbedachtes tun würde, weil der vorlaute Kerl in so zornig machte, stampfte der Zwerg wutentbrannt nach draußen. Es war gut, dass keiner Daghat begegnete, er grummelte, knurrte, grollte und brummte einmal laut und leise in seinen Bart. Er war so sauer, wegen Falkon hatte Talia keine Gelegenheit mehr ihm neue Griffe zu zeigen, dabei hätte er so gerne weiter auf der Gitarre geübt.

Sheila und Carion hatten ein klärendes Gespräch geführt. Sie haben endlich zueinandergefunden und waren sich einig, dass hinter dem Haus ein Wald entstehen sollte. Carion war so glücklich, er hatte nie geglaubt, dass er sich nach Madeleine noch einmal so verlieben könnte. Jetzt braucht er auf nichts verzichten, er würde Sheila und einen Wald bekommen.

Nach drei Stunden erwachte Talia wieder.

„Wie geht es dir?", fragte Falkon sie liebevoll.

Er war die ganze Zeit nicht von ihrer Seite gewichen.

„Ja danke, du brauchst dir keine Sorgen machen", antworte Talia.

Sie schaute sich um und entdeckte außer Falkon nur Carion, Sheila.

„Wo ist Meister Daghat?", fragte sie suchenden Blickes.

„Weiß ich nicht, interessiert mich auch nicht. Es war seine Schuld, dass es dir schlecht ging", sagte Falkon und man hörte aus seinem Tonfall heraus, dass er sauer war.

„Lass gut sein Falkon, auch wenn Daghat mir so manches am besten gleich hätte erzählen sollen, ist es trotzdem kein Weltuntergang. Er dachte sicher, dass ich schlau genug sein würde, um es selber herauszubekommen. Ich lernte dadurch, dass ich mich überschätzte und noch viel zu lernen habe. Es wäre nicht gut, wenn wir schon so früh wieder aufbrechen. Ich für mein Teil, ich werde erst weiter reisen, wenn ich alles richtig beherrsche. So jetzt muss ich Daghat suchen".

Nach diesen Worten stand Talia auf und ließ ihn stehen. Er schaute ihr nur verwundert hinterher.

Talia fand Daghat, der sich wieder beruhigt hatte, in der Scheune bei den anderen.

„Meister Daghat, habt ihr Zeit für mich?"

Er schaute auf und unterbrach das Gespräch mit einem der Wachmänner.

„Für dich habe ich doch immer Zeit". Er war wieder so freundlich, als ob er ein schlechtes Gewissen hätte.

„Können wir zum Bach gehen?", bat Talia.

Daghat nickte dazu. Nachdem sie am Wasserlauf waren, bat Talia, das Daghat mit ihr zusammen üben sollte.

So wirkte Daghat einen Luftwirbel, der auf einen Busch zuraste. Talia sollte jetzt den Strauch schützen. Sie wählte die Steinmagie und errichtete eine Felsenwand um das Gebüsch. Der Luftwirbel traf auf diese und verpuffte, als ob der Wirbel niemals existierte. Talia löste ihre Konzentration und die Felswand verschwand. Jetzt griff sie mit einem Feuerball an. Ihr gelangte jede Magie lautlos, so wie der Magier es erhoffte. Er dagegen sprach seine Wassermagie laut aus und schützte den Busch mit einer Wasserwand. Auch dieses Mal passierte es wie vorher, wenn ein schwächeres Element auf ein stärkeres trifft. Der Feuerball verpuffte wie eine Seifenblase. Der Zwerg war stolz auf Talia, obwohl sie schon einige Magiearten gewirkt hatte, zeigte sie keinerlei Zeichen von Erschöpfung.

„Versuche jetzt die Festigungsmagie, am besten erst einmal laut", bat Daghat.

Talia nickte, schaute auf das Wasser und sprach mit klarer aber bestimmender Stimme.

„Aluma degera".

Das Wasser fing erst an zu wallen, dann sah es wie ein durchsichtiger Brei aus.

Talia blieb in ihrer Konzentration und trat vorsichtig auf diese breiige Masse. Ihr Fuß sank bis zu den Knöcheln ein, bis sie einen Untergrund unter den Sohlen spürte. Obwohl die Substanz ihren Schuh umschloss, war dieser kein bisschen nass. Daghat freute sich, denn in seinen Augen war das endlich ein weiterer Fortschritt.

„Ja, siehst du, es wird immer besser, bald wird es so fest sein, dass sogar der Planwagen darüber fahren könnte."

Talia nahm ihren Fuß von der Masse und löste ihre Konzentration. Jetzt floss das Wasser wie vorher.

„Wir brauchen nicht länger hierbleiben. Ich bin 100%tig davon überzeugt, dass du die Festigungsmagie beherrschst, sowie die Magie des Wassers. Auf jeden Fall dann, wenn du sie brauchst, wird sie da sein", sagte Daghat. Er hatte immer noch diese Freundlichkeit, die gar nicht so zu dem Zwerg passte.

Für Talia war das verwirrend. Es war eine andere Freundlichkeit, die er sonst ab und an, an sich hatte, wenn er etwas von ihr wollte. Sie vermochte es nicht einzuordnen. Sie war nicht davon überzeugt, dass sie die Wassermagie schon beherrschte, aber sie vertraute dem Magier. Er konnte das sicher besser einschätzen. Fröhlich betraten sie zusammen das Haus. Sie lachten herzhaft, denn Daghat hatte einen lustigen Schwank aus seiner Lehrzeit erzählt. Diese Seite von ihm kannte sie nicht. Dieser brummige Zwerg konnte auch fröhlich sein und über sich selbst lachen, das wunderte nicht nur Talia, die anderen im Raum erging es ebenso. Talia fühlte sich gut, doch an der Seite von Falkon, fühlte sie sich noch besser. Aus der Wärme, die sie zu Anfang gespürt hatte, sind Schmetterlinge geworden, die jetzt jedes Mal, wenn sie in Falkons Augen schaute, in ihrem Bauch herum wirbelten. Ja, sie liebte diesen Mann von ganzem Herzen. Sie würde es nicht ertragen, wenn ihm etwas zustoßen sollte. Dieses sagte ihre ganze Ausstrahlung.

„Seid ihr weiter gekommen?", fragte er besorgt.

Falkon schaute Talia ganz genau an, doch er konnte keine Art von Schwäche bei ihr erkennen.

„Ja, Meister Daghat meint, wir könnten schon morgen los. Doch ich habe den Wunsch einen weiteren Tag zu warten. Deine Männer sollten jetzt Bescheid wissen, dass wir in zwei Tagen aufbrechen, damit sie alles in Ruhe vorbereiten", sprach Talia mit einem bittenden Blick zu Falkon. Dieser nickte und marschierte zur Scheune, um seinen Männern und den Einhörnern zu berichten, was Sache ist.

Keine Hilfe

Er kam gerade wieder herein, sodass er Carion hörte.

„Es geht übermorgen los, das ist gut, umso schneller bin ich zurück", meinte Carion und sein Blick richtete sich zu Sheila.

„Wenn du denkst, dass ich dich alleine gehen lasse, da hast du dich geirrt", trumpfte Sheila auf.

„Das kommt überhaupt nicht in Frage, das ist viel zu gefährlich für dich", entgegnete Carion und schüttelte den Kopf. Er hatte schon Angst um Talia und meinte, dass es besser wäre, wenn Sheila zuhause bleiben würde. So bräuchte er sich nicht um zwei geliebten Feen ängstigen.

„Ihr werdet mich brauchen oder kennt sich einer von euch in den schwarzen Bergen aus?", fragte Sheila und schaute in die Runde.

Alle sahen sie sich gegenseitig an und schüttelten den Kopf.

„Wo Sheila Recht hat, hat sie Recht!", sagte Talia. Sie lächelte und nickend Sheila ansah. So war es

beschlossen, Sheila würde weiterhin mit ihnen reisen.

Am nächsten Tag hatten sie viel zu tun. Proviant für einige Tage wurde im Planwagen verfrachtet und die Wasserfässer aufgefüllt. Erschöpft saßen sie abends in der Scheune zusammen um zu besprechen, wie sie weiter vorgehen wollten. Falkon überließ Sheila das Wort. Sie hatte eine Art von Landkarte mitgebracht, auf der sie jetzt die Route zeigte und erklärte dabei.

„Wir werden die Richtung zum Minu-Fluß einschlagen und je nachdem, wo wir auf ihn treffen, entweder am Ufer entlang weiter reisen oder ihn überqueren. Es gibt zwar eine kleine Landbrücke bei den Klippen des Meeres, diese ist so schmal das wir auf den Planwagen verzichten müssten und obendrein würde es länger dauern. Kurz hinter dem Minu-Fluß, am Fuß der schwarzen Berge, ist mein altes zu Hause. Es ist nicht so groß wie das hier, aber ich bin trotzdem stolz darauf".

„Wie lange brauchen wir bis zu deiner alten Hütte?", fragte einer der Männer.

„Mit Glück sollten wir es in einer Woche geschafft haben. Von der Hütte aus wird es am anstrengendsten. Das schwarze Gebirge ist zerklüftet und hat viele Schluchten, wo das Gestein sich steil erhebt. Einige führen in ein Tal und andere Enden vor einer Felswand. Es wird schwer werden, euren Magier in den Bergen zu finden. Doch wie ich euch kenne, werdet ihr nicht aufgeben, bis ihr ihn gefunden habt", meinte Sheila.

Ein bejahendes lautes Ertönen der Stimmen war zuhören. Wenn sie alle geahnt hätten, wie schwierig ihre Suche werden würde, wären sie stiller gewesen. So begaben sich sie sich frohen Mutes am Morgen auf, auf zu den schwarzen Bergen. Nur Fleckchen war nicht so euphorisch, sie war eher ängstlich, als ob sie eine Ahnung hatte, was passieren würde. Hafu der sich die Tage, als sie bei Fenjas Hütte waren, so rar gemacht hatte. War eingeschnappt, denn Talia hatte sich überhaupt nicht um ihn gekümmert. So war er die meiste Zeit bei Schattenfell und Fleckchen, doch schlief er jetzt wieder unter dem Sitz des Planwagens und grollte in sich hinein. Als Talia ihn kurz streicheln wollte, knurrte er sie nur an. Da fiel es Talia auf, dass sie Hafu vernachlässigt hatte, und sagte zu ihm nur leise. „Entschuldigung kleiner Freund".

Sheila, Daghat und Talia lenkten abwechselnd den Planwagen und Carion und Falkon wechselten sich ab um neben diesem zu reiten. Es kam immer darauf an, wer vorne auf dem Kutschbock saß.

Wenn Sheila und Talia gemeinsam auf dem Bock saßen, fingen Carion und Falkon an zu streiten, wer von beiden bei seiner Liebsten sein durfte. Die Frauen schüttelten nur die Köpfe und jede nahm sich den ihrigen zur Brust.

Beide Männer schauten bedröppelt zu Boden und sich gegenseitig böse an. Keiner wollte einsehen, dass sie gemeinsam Schuld daran hatten, dass die

Frauen garstig zu ihnen waren, dennoch gaben sie nach und ritten nach vorne.

Das Wiesenland bot nicht viel Abwechslung, weit war die Sicht, nur Gras vereinzelte Blumen und gelegentlich ein Baum gab es zusehen.

Jeden Baum, an dem sie vorbeikamen, schaute Talia ganz interessiert hin, doch keiner, war eine Trauerweide, von der Kaja erzählt hatte. Talia hätte diese gerne gesehen. So viele Portale zur Menschenwelt gab es hier auf Mintora ja nicht. In Talia wuchs der Wunsch, wenn sie an der Trauerweide vorbeikommen, doch kurz einen Besuch in ihren Geburtsort zu machen. Vielleicht lebte ihre Ur-Oma noch. Doch dieser Wunsch ging nicht in Erfüllung, die Trauerweide blieb wie, weit rechts von ihnen liegen.

„Wenn du Glück hast, dann kannst du die Blumsos ab morgen beobachten", sagte auf einmal Sheila und holte somit Talia aus ihren Gedanken.

„Wie? Ich dachte, die würden schlafen?" Talia Augen wurden groß.

„Ich wusste ja nicht, dass wir solange in Fenjas Hütte bleiben. So ist halt die Zeit vergangen und ab morgen sollten die Blumsos wieder fliegen", erklärte Sheila.

„Du sagtest, sollte. Gibt es denn ein Grund, warum sie nicht fliegen?", erfragte Talia.

„Wer weiß, seit der verwunschene See verschwunden ist, hat sich vieles in Mintora verändert", erwiderte Sheila.

„Male den Teufel nicht an die Wand. Ich finde, es ist schon genug passiert. Erst der See, dann die Einhornkinder, der Gesang der Vögel und der Schneesturm in den Bergen. Es ist einfach genug!", begehrte Talia auf.

„Ich gebe dir Recht, nur leider haben wir darauf keinen Einfluss, jedenfalls jetzt noch nicht", entgegnete Sheila.

Talia seufzte, Sheila hat sie wieder auf charmanter Art darauf aufmerksam gemacht, aus welchen Grund sie alle unterwegs waren. So versuchte Talia, die eine oder andere Formel der Elementmagie in Gedanken zu wirken. Natürlich verwendete sie nur Formeln, die keinen großen Schaden anrichteten konnten und sie verpufften auch gleich wieder, sobald sie sich nicht mehr darauf konzentrierte. Für sie war es ja nur eine Übung, sogar das Wasser gehorchte ihr immer besser. Talia war so in ihren Gedanken versunken, dass ihr ein Fehler unterlief, der im Kampf gegen Batar ihr nicht passieren durfte. Sie merkte es erst, als Falkon in Gedanken zu ihr sprach, obwohl es nicht vorher an ihre Mauer geklopft hatte.

„Du darfst deine Mauer nicht vernachlässigen. Batar hätte jetzt leichtes Spiel mit dir gehabt und deine magische Begabung wäre zunichte gewesen", schimpfte er mit ihr. Talia erschrak über Falkons Worte, denn er hatte Recht. Egal wie sehr sie sich auch auf die Magie konzentrierte, sie musste ihre Mauer immer aufrecht und stabil halten. Eigentlich schaffte es keiner, hinter ihre Mauer zuspringen oder sie einzureisen. Doch wenn sie eine Lücke ließ, würde Batar diese ausnutzen. Falkon ritt neben dem Planwagen und sah sie kritisierend an.

„Danke für deine Zurechtweisung, das wird mir nicht noch einmal passieren".

„Schon gut, es ist ja nur Eigennutz. Ich will ja nicht das meiner Liebsten etwas passiert".

Talia schaute ihn an und sah in ein schelmisches Grinsen in seinem Gesicht. Die gedankliche Unterhaltung war in ganz Mintora mittlerweile nicht mehr gerne gesehen, obwohl man es in der Kindheit noch lernte, sich so zu unterhalten. Talia machte dieses auch nicht gerne, für Notfälle war es in Ordnung.

Die Männer der Garde hatten endlich nach Wochen, die sie schon unterwegs waren, ihre Sichtweise gegenüber Talia geändert. Zu Anfang fühlten sich einige, als bessere Babysitter. Andere sahen in Talia nur das Mischwesen, was in ihren Augen mit Verachtung bestraft werden sollte. Doch jetzt war Talia diejenige, die den Einhörnern helfen konnte und somit auch dem Feenland, sie selber war doch nur das schmückende Beiwerk, welches zum Schutz da war. So stieg Talia in ihrer Achtung, je mehr sie mitbekamen, was für eine gute Magierin Talia geworden war. Schattenfell sah besorgt zu Fleckchen, die den ganzen Tag in sich gekehrt war.

„Was bedrückt dich? Kann ich dir helfen?", fragte Schattenfell.

„Ich weiß nicht, je näher, wir den Bergen kommen, umso unwohler fühle ich mich. Ich habe zwar lange dort gelebt, doch wohlgefühlt habe ich mich nur hier im Wiesenland. In mir steigt eine Angst auf, dass dir, den anderen oder mir etwas passiert. Warum müssen wir eigentlich mit zu diesen grausigen Bergen?", fragte Fleckchen und ließ betrübt ihren Kopf hängen.

„Das kann ich dir nicht beantworten. Ich weiß nur, dass ich mit muss. Ich will wissen, was Batar mit unseren Kindern gemacht hat? Was aus meiner Tochter geworden ist?", erklärte Schattenfell. In seiner Stimme schwang etwas Trauriges mit. Fleckchen erhob den Kopf, hatte sie eben richtig gehört, Tochter? Wie konnte das sein? Schattenfell wollte doch mit ihr eine Familie gründen, dabei hat er längst eine, dachte sie und senkte deprimiert ihren Kopf. Wieder zerplatzte eine Seifenblase der Hoffnung in ihr. Schattenfell hatte es bemerkt, dass Fleckchen jetzt über etwas anderes traurig war.

„Was ist los? Warum bist du jetzt traurig?"

„Es ist nichts", sagte sie in der Hoffnung, dass Schattenfell es gut sein ließ.

„Du sollst nicht lügen, raus damit, was hast du?", forderte Schattenfell sie bestimmend auf.

„Du hast eine Partnerin, was willst du dann von mir?", platzte es aus ihr heraus.

„Wie kommst du denn darauf?" Schattenfell war entgeistert.

„Na, du sagtest eben, dass du deine Tochter suchst", entgegnete Fleckchen traurig.

„Das stimmt ja auch, aber eine Partnerin habe ich trotzdem nicht", antwortete Schattenfell mit fester Stimme.

Erstaunt hob Fleckchen ihren Kopf.

„Aber".

„Nichts aber! Elinara starb kurz nach Olinas Geburt, keiner weiß warum, da wir Einhörner unsterblich sind. So war ich gezwungen, Olina alleine groß ziehen und sie ist mir sehr wichtig. Wenn ich in ihre Augen schaue dann sehe ich Elinara", Schattenfell fiel es schwer, darüber zu sprechen, zu sehr war noch der Schmerz des Verlustes in ihm. So hatte er doch gehofft, das Fleckchen diese Lücke in seinem Herzen ausfüllen könnte. Traurig schaute Schattenfell sie an und zwei Tränen lösten sich aus seinen Augen. „Entschuldige, dass ich an deiner Aufrichtigkeit gezweifelt habe", bat Fleckchen.

„Es ist schon gut. Ich hätte sicher genauso reagiert, wenn ich an deiner Stelle gewesen wäre", erwiderte Schattenfell, der sich wieder gefasst hatte. Fleckchen legte liebevoll ihren Kopf auf Schattenfells Rücken. Dies war unter den Einhörnern ein Vertrauensbeweis.

„Wir werden, wenn alles vorbei ist, bei Sheila und Carion bleiben. Der Wald und das Wiesenland wir unser zuhause sein und unsere Kinder lernen von uns, beides zu lieben" sprach Fleckchen.

Schattenfell nickte glücklich dazu, dann machten sie die Augen zu.

Nur Talia schlief nicht, sie übte und wechselte immer wieder die Elemente. Es gelangte ihr endlich die Wasserwandmagie, zu wirken. Nur die Festigungsmagie wurde immer noch nicht so fest, wie sie es wollte. Daghat sprach ihr stets Mut zu. Nach zwei Stunden des Übens hatte sie genug und zeigte dem Zwerg, auf seine Bitte hin, etwas auf der Gitarre. Dann begab sie sich ebenfalls zur Nachtruhe. Talia kuschelte sich an Falkon. Er spürte, dass Talia neben ihm lag und schlug gleich einen Arm um sie. Sheila und Carion schliefen ebenfalls eng aneinandergeschmiegt. So wachten sie morgens auf, eng umschlungen.

Einige der Wachmänner hatten das Lagerfeuer im Gange gehalten. So kochte Sheila für alle einen Tee, der ihnen Kraft und Wärme schenkte und Talia verteilte Obst, Gemüse und etwas Brot. Dann hieß es wieder aufsitzen.

Daghat saß hinten im Planwagen und spielte auf der Gitarre. Talia hatte das niemals für möglich gehalten, dass er mit seinen dicken Fingern jemals ein Lied auf dem Instrument spielen könnte. Doch jetzt sah sie es ein, dass sie sich geirrt hatte. Daghat wurde von Tag zu Tag besser. Sheila summte zu der Melodie, die er spielte. Talia hatte schon die Befürchtung, dass er nur diese drei Melodien spielen würde, doch auch hier irrte sie. Daghat hatte mittlerweile schon viel mehr drauf. Nur das Talia die Lieder alle nicht kannte, dennoch versuchte sie, mit zu summen. Nur Hafu mochte Daghat seine Musik nicht, sodass er leise vor sich hin jaulte.

Nachdem sie Rast machten, hüpfte Hafu auf Schattenfells Rücken und blieb dort. Talia konnte machen, was sie wollte, der Hoftel kam nicht wieder auf den Planwagen. Die Blumsos hatte Talia bisher nicht fliegen sehen. Alle sorgten sich deswegen.

Nach einigen Tagen waren sie am Minu-Fluß, doch sie vermochten ihn an dieser Stelle nicht zu überqueren, da auf der anderen Seite das Sumpfland war. So reisten sie weitere zwei Tage am Ufer des Flusses entlang, bis sie sahen, dass der Roja-Fluß in den Minu mündete.

„Nur noch einen halben Tag dann können wir den Minu überqueren", sagte Sheila.

Alle atmeten auf, sie kamen ihrem Ziel immer näher. Die schwarzen Berge konnte man an Horizont schon erahnen.

Sie standen am Ufer des Minu-Flusses, stark war die Strömung und tief das Wasser. Zu tief und zu stark um mit dem Planwagen hindurch zufahren.

„So, jetzt bist du dran, geh und wirke die Festigungsmagie", brummte Daghat Talia an.

„Können wir nicht weiter flussaufwärts reisen, dort ist der Fluss sicher schmaler?", fragte Talia.

„Das würde nichts bringen, denn weiter flussaufwärts können wir nicht rüber, dort säumt das Gebirge die andere Uferseite", erklärte Sheila.

„Siehst du, es bleibt nur diese Stelle, um deine Magie zu wirken", entgegnete Daghat.

„Aber ich beherrsche die Festigungsmagie noch nicht richtig, könntet ihr sie nicht wirken?" Talia schaute den Zwerg verzweifelnd an.

„Ich könnte schon, aber ich will nicht", raunte er sie garstig an.

„Meister Daghat ich könnte doch!", mischte sich Falkon ein.

Talia schaute ihn erstaunt an das er diese Magie ebenso beherrschte. Falkon hatte es nie erwähnt, so hatte sie jetzt die Hoffnung, dass er es übernahm.

„Nein, das ist Talias Aufgabe. Untersteh dich, ihr helfen zu wollen. Sie kann das, ihr fehlt nur das Selbstvertrauen", raunzte Daghat jetzt Falkon an.

Talia sah ihre Felle wegschwimmen. Keiner durfte oder wollte ihr helfen, sie musste es alleine schaffen. Sie stellte sich an den Fluss und konzentrierte sich. Still wirkte sie die Formel. Das Wasser fing an zu wallen, aber es passierte nichts Weiteres. Nachdem sie die Konzentration fallen gelassen hatte, hörte auch das Wasser auf zu wallen. Um keinen Kraftverlust zu haben, wirkte sie einen kleinen Luftwirbel, der über die Wasseroberfläche tanzte. Talia schaute bittend zu Daghat, doch dieser gab ihr nur zu verstehen, dass er ihr nicht helfen würde, dass tat er dadurch, dass er ihren Blick auswich.

„Ich schaffe das, es ist doch nichts anderes als Wassermagie", flüsterte Talia, um sich Mut zuzusprechen.

So versuchte sie es wieder und dieses Mal floss das Wasser in Zeitlupen Tempo, aber es war immer noch nicht fest.

„Super, beim nächsten Mal klappt es ganz bestimmt", lobte Daghat und riss sie damit aus ihrer Konzentration.

„Gut, ich probiere es nochmal, sollte es jetzt nicht funktionieren, versuche ich es erst morgen wieder", sprach Talia.

„Alenara negeras",

rief laut mit fester Stimme. Es klappte nicht, so wirkte sie die Formel zum dritten Mal.

Da Talia zu oft hintereinander die gleiche Magie gewirkt hatte, spürte sie, dass sie wieder Kraft verlor. Dadurch brach ihre Konzentration zusammen und ihre Magie verpuffte ins Nichts.

„Mensch Talia, ich habe dir doch das mit dem Wechsel erklärt. Warum hältst du dich nicht daran", grollte Daghat mit ihr.

„Jetzt ist es, erforderlich bis morgen zu warten", grummelte er weiter.

Schnell wirke Talia eine Gegenmagie, doch nützte das nicht viel.

„Meister Daghat, warum können wir denn nicht die Magie wirken", erfragte Falkon, der mittlerweile Talia in den Armen hielt.

„Habe ich mich vorhin nicht deutlich genug ausgedrückt? Es ist Talias Aufgabe uns über den Fluss zu bringen. Damit ist alles gesagt", brüllte er Falkon wütend an.

Dieser erhob abwehrend die Arme.

„Schon gut. Ihr braucht nicht gleich zu brüllen, habe es ja nur gut gemeint", grollte Falkon zurück.

„Komm Talia, du setzt dich in den Planwagen und ruhst dich aus. Wir anderen schlagen das Lager auf". Falkon hob sie in den Planwagen hinein.

Talia war geknickt, sie hatte gespürt, dass sie es dieses Mal geschafft hätte. Es war ihr Fehler, sie hatte nicht alles bedacht.

Auch wenn sie jetzt ein wenig sauer auf sich selber war, so stark war jetzt ihr Glaube, dass sie morgen über den Fluss kommen würden. Nachdem sie wieder zu Kräften gekommen war, schlenderte sie mit Falkon am Fluss entlang. Das Gras langte auf beiden Seiten bis zum Ufer. Auf einmal blieb Talia stehen und unterbrach die Stille, die sie umfangen hatte.

„Weißt du was ich mich Frage?".

„Nein, was für Gedanken sind in deinem schönen Köpfchen?", stellte Falkon eine Gegenfrage.

„Gibt es hier am Meer Strände, sowie ich sie von der Menschenwelt her kenne, so mit schönen weißen Sand?"

Falkon lachte.

„Ach Talia, auf was für Gedanken du kommst".

„Ich weiß, es ist verrückt, jetzt an so etwas zu denken. Doch schau, die Sonne ist am Untergehen und lässt das Land in einen eigenartigen

Schimmer leuchten. Da ist es doch kein Wunder, wenn man romantische Gedanken bekommt", schwärmte Talia verträumt.

„Was ist daran romantisch, wenn du an einen Strand denkst".

Falkon schaute sie unwissend an, so ganz unromantisch.

„Na ja, wenn man sich vorstellt, das wir beide am Meer im Sand sitzen und einen Sonnenuntergang bewundern ist das schon romantisch", schwärmte Talia weiter und schaute Falkon tief in den Augen.

Jetzt schnallte er es und atmete laut und tief durch.

„Ach liebste, wir werden am Strand sitzen und die Sonne untergehen sehen, das verspreche ich dir".

Falkon zog Talia zu sich heran und gab ihr einen innigen Kuss, der wie ein Versprechen schmeckte. Hand in Hand schlenderten sie verliebt ins Lager zurück.

Am Morgen nachdem Essen, stand Talia wieder am Fluss und wirkte ihre Festigungsmagie. Dieses Mal funktioniere es, das Wasser hörte auf, zu fließen, und wurde fest, so fest, das sogar der

Planwagen darüber fahren konnte, als wäre dort eine unsichtbare Brücke.

Erst als alle auf der anderen Seite waren, löste Talia ihre Konzentration und wirkte eine Erdmagie. Ein großer, schwerer Stein fiel in das strömende Wasser und war verschwunden.

„Meister Daghat, ich habe eine Frage. Als wir übten, wirken sie Wasser und ich Erde. Doch als beide Elemente aufeinandertrafen, verpufften beide, ohne das was passierte. Warum ist das so?", fragte Talia, nachdem sie wieder auf den Planwagen saßen.

„Weil Wasser und große Erdmagie gleich stark sind, wobei es auf die jeweilige Formel ankommt. Hättest du anstatt des Steines Sand gewirkt, dann hätte das Wasser den Sand fortgespült", erklärte Daghat, der endlich froh war, das Talia ihr Selbstvertrauen gefunden hat. Jetzt konnte sie alle Elemente, nur noch kleine Feinheiten brauchte sie zu lernen, sowie das, was Daghat ihr eben erklärt hatte und das würde er jetzt mit ihr üben.

„Wir sind jetzt im Fluss Dreieck", sagte Sheila.

„Wieso Dreieck?", fragte Daghat.

„Weil meine Hütte zwischen dem Minu- und dem Roja-Fluß liegt", erklärte Sheila.

Daghat nickte zum Zeichen, das er es verstanden hatte. Bei einer kurzen Pause fragte Sheila.

„Wenn wir jetzt keine weitere Rast mehr machen, werden wir in der Nacht bei der Hütte ankommen oder wir nächtigen noch einmal draußen dann sind wir erst morgen dort. Was wollen wir machen?"

Alle riefen sie durcheinander, so dass man kein Wort verstand.

„Ruhe bitte, ich glaube, wir werden mit Handzeichen abstimmen und das wofür die meisten stimmen wird getan", erklärte Falkon.

„Wer ist dafür, dass es ohne Rast weiter geht, der hebt jetzt die Hand."

Bis auf zwei waren alle Hände oben, so ging es dann weiter. Spät in der Nacht kamen sie endlich an, alle waren sie müde. Sheila hatte mal wieder untertrieben, diese Hütte zwar etwas kleiner, als Fenjas Haus, so war doch für Daghat, Talia, Falkon, Carion und Sheila Platz darinnen. Für alle anderen blieb mal wieder nur die Scheune, die sie sich mit den Pferden und den Einhörnern teilten. Die Männer hatten nichts anderes für sich erwartet, sie waren nur froh ein Dach über dem Kopf zu haben. Hier bei den schwarzen Bergen regnete es weit öfters, als anderswo im Land. Talia hatte sich schon gefragt, wo das ganze Wasser in den Flüssen herkommt, jetzt wusste sie es. In der Hütte war kein Proviant zu finden, so waren sie froh, dass sie bei Fenjas Haus so viel eingepackt hatten. Sie hatten alle keinen Hunger, sie wollten nur schlafen.

Die Sonne weckte alle auf, es war am frühen Morgen schon recht warm. Talia schritt nach draußen und schaute sich um. Das Gebirge war so dicht an der Hütte, das Talia sehen konnte, warum dieses Gebirge das schwarze Gebirge hieß. Das Gestein war so schwarz, dass sogar das Sonnenlicht geschluckt wurde, dafür strahlte das Gestein aber Wärme ab.

Das kann ja heiter werden, wenn es dauernd so warm bleibt, dann wird es eine heiße Suche werden, dachte Talia.

„Kommst du wieder rein? Der Tee ist fertig", fragte Sheila.

„Ich komme", rief Talia.

Der Tee tat ihnen gut, eine große Kanne brachte Sheila zu den Männern in die Scheune, sowie ein Korb mit Essen. Alle frühstückten ausgiebig, danach versammelten sie sich vor der Hütte.

„Habt ihr schon einen Plan, wie es weiter geht?", fragte einer der Männer.

Talia ergriff das Wort und alle Augenpaare waren auf sie gerichtet.

„Ich würde sagen, dass wir uns in zwei Gruppen aufteilen. Da zwei von uns sich hier auskennen, hat jede Gruppe einen erfahrenden Führer bei sich."

„Das ist ja schön und gut, wie soll die Aufteilung denn sein?", wurde von jemandem gefragt.

„In der ersten Gruppe wird sein: Sheila, Carion, Schattenfell, Daghat und vier Wachmänner der

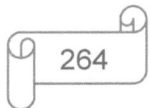

Garde. Zur Zweiten gehört somit: Falkon, Fleckchen, fünf Wachmänner und ich", erklärte Talia.

„Wir müssen erst einmal herausfinden, wo Batar sein Versteck hat. Es wird sich keine Gruppe ihm alleine stellen, dass unternehmen wir gemeinsam. Ich habe hier Farbe aus der Menschenwelt, die hat Kaja vor unserer Abreise besorgen lassen sowie zwei Pinsel. Diese Farbe ist wasserfest, der Regen kann es nicht wegspülen. Wie uns Sheila schon erzählt hat, gibt es hier unzählige Schluchten, damit wir nicht doppelt und dreifach eine absuchen, werden die Schluchten mit dieser Farbe gekennzeichnet. Da wo wir nichts gefunden haben machen wir ein Kreuz an einer der Felswände und dort wo wir Batar vermuten einen Kreis! Einverstanden?"

Talia schaute in die Gesichter und alle nickten.

„Gut, wir werden morgen aufbrechen und in vier Tagen treffen wir uns hier wieder. Jetzt sucht euch alles zusammen, was gebraucht wird und lasst uns hoffen, dass es kein Regen gibt", forderte Falkon auf. So wuselten alle herum, Talia stand auf dem Planwagen und verteilte die Schlafsäcke, Feldflaschen mit Wasser und Proviant für jeden. Alle hatten einen Rucksack und einer aus der Gruppe bekam zusätzlich die Farbe und den Pinsel. Talia hatte die Gruppen gut aufgeteilt, in jeder waren ein Magier und einer der das Gebirge kannte. Carion war im Grunde mit allem einverstanden, nur das Talia zusammen mit Falkon in einer Gruppe war und nicht bei ihm passte ihm gar nicht. Doch er konnte nichts dagegen tun, so schluckte er seinen Groll herunter. Nur Falkon bekam seine Blicke zu spüren, die ihm sagten, dass er seine Hände ja bei sich halten sollte. Falkon schüttelte nur den Kopf, das Carion sich schon wieder einmischte.

Anfangs gingen noch alle gemeinsam links am Gebirgsfuß entlang bis zur ersten Schlucht. Diese untersuchte Sheila mit ihrer Gruppe und Talia ging mit ihrer bis zur nächsten. Sie hatten sich vorher noch geeinigt, dass sie auf der Felswand einen Strich malen, bevor sie in die Schlucht gehen würden. So wusste gleich die andere Gruppe, dass diese Schlucht gerade untersucht wird. Talia befürchtete, dass es eine heiße Suche wird, dieses bewahrheitete sich zu ihrem Leid.

In den Schluchten rührte sich kein Lüftchen. Die Luft stand und flimmerte vor den Felswänden. Sie mussten aufpassen, dass das Flimmern ihnen keinen Streich spielte und zu einer Fata Morgana wurde. Sie schwitzten so sehr, dass der Schweiß ihnen am Rücken herunter lief.

Manche Schluchten hatte man schnell durch sucht, meist waren sie eng und kurz. Bei jeder Sackgasse versuchten Daghat und Talia zu spüren, ob hier Magie verwendet wurde. Es konnte ja sein, dass durch Magie eine künstliche Felswand erschaffen worden ist. Aber keiner der beiden hatte bis jetzt etwas gespürt. So gingen sie von einer Schlucht zur anderen. Manchmal schafften sie, nur Zwei Schluchten am Tag zu untersuchen, ein anderes Mal waren es sogar bis zu fünf Schluchten.

Am vierten Tag trafen beide Gruppen fast gleichzeitig wieder bei Sheilas Hütte zusammen. Sie waren froh wieder in einem Bett oder auf dem Strohlager schlafen zu können. So beschlossen sie, wenigstens drei Tage auszuspannen, bis sie weiter suchen wollten. Sheila sammelte aus ihrem alten Garten ein paar Früchte, die hier wild wuchsen. Einige Männer hatten, bevor sie in die Schluchten marschierten, Gras gemäht, welches jetzt trocken war. Das Heu sollte ihnen als frisches Lager dienen, da das Stroh in der Scheune recht muffig roch. Schattenfell und Fleckchen fanden dieses besonders gut, da das Heu viel weicher war als das piksige Stroh. Talia fragte sich, woher Sheila das Stroh her hatte, denn sie sah nirgendwo ein Getreidefeld. So fragte sie Sheila danach und diese antwortete.

„In einer der Schluchten auf der rechten Seite, da wächst das Getreide so wild herum. Es war zwar immer sehr mühsam es zu ernten, aber das Brot schmeckte umso besser."

Sheila lächelte, als sie daran dachte, wie sie so manchen Tag in der besagten Schlucht verbracht hatte. Sie war hier glücklich gewesen, doch jetzt wollte sie nie wieder hier leben, zu sehr erinnerte sie hier alles an ihren verstorbenen Mann. Sie hatte jetzt ein neues Leben vor sich, worauf sie sich freute, ein Leben mit Carion in Fenjas Hütte.

„Hey wo bist du mit deinen Gedanken? Man sah dir richtig an, dass du am Träumen warst. Ich hoffe, es war ein schöner Tagtraum", sprach Carion Sheila an.

„Ja und nein, von beiden ein bisschen. Es ist aber alles Gut, ich bereue nichts", antwortete Sheila und lächelte Carion verliebt ein. Er verstand zwar nicht, was Sheila meinte, aber er spürte, dass sie mit irgendetwas abgeschlossen hatte und nun ganz bei ihm war. Talia erzählte Falkon von der Schlucht, wo das Getreide wachsen sollte.

„Was meinst du, auch Batar braucht Nahrung und in den Schluchten die wir untersucht haben, haben wir nichts weiter als nur Steine gefunden. Wir sollten bei der besagten Schlucht weiter suchen".

„Das wäre wirklich ein Anhaltspunkt. Hast du Sheila gefragt, ob es noch mehr solche Schluchten gibt, wo Essbares wächst?"

Falkon hoffte, dass sie endlich eine Spur haben würden.

„Nein, aber das kann ich ja nachholen", entgegnete Talia.

Da die beiden spazieren waren, vermochte Talia Sheila erst bei ihrer Rückkehr fragen.

„Nein soviel ich weiß nicht, aber komm, wir fragen auch Fleckchen, vielleicht war sie in Ecken, wo ich nie hingekommen bin", meinte Sheila.

Wo ist sein Versteck?

Aber Fleckchen kannte solche Schluchten nicht, noch nicht mal die, die Sheila kannte.

„Wir werden gemeinsam diese Schlucht absuchen. Falkon meinte auch, dass es ein Hinweis auf Batars Versteck sein könnte", erklärte Talia.

„Zu dieser Schlucht können wir sogar den Planwagen mit nehmen, da der Weg dorthin und sogar in der Schlucht selber sehr breit ist", ließ Sheila alle wissen.

Jeder grinste, denn die Aussicht nicht selber seinen Rucksack schleppen zu müssen, sogar reiten zu können erfreute alle.

So vergingen die drei Tage schnell und sie machten sich schon sehr früh auf den Weg. Leider hatte es leicht angefangen zu regnen, nachdem sie schon einige Zeit unterwegs waren. Das Gestein des Gebirges war immer noch so aufgewärmt gewesen, das die kleinen Regentropfen gleich verdampfte und eine Nebelwand sich bildete. Die Wand machte es ihnen schwer auf dem Weg zu bleiben. Keiner blieb mehr auf sein Pferd sitzen oder auf dem Planwagen. Alle führten sie ihre Tiere schrittweise voran.

„Ist das normal, dass bei Regen so ein Nebel entsteht?", fragte Talia besorgt.

„Leider ja, aber nur wenn es so leicht regnet. Bei starken Regen passiert das nur für einen kurzen Moment", erklärte Sheila.

„Sind wir noch auf den richtigen Weg?", wurde von hinten nach vorne gerufen.

„Ja, das sind wir!", rief Sheila zurück.

„Ich hasse diesen Nebel, er macht mir immer Angst. Jedes Mal ist etwas passiert, wenn er da war", jammerte Fleckchen.

„Ach was, es wird nichts passieren, du kleiner Angsthase. Ich beschütze dich!", entgegnete Schattenfell und warf Fleckchen einen liebevollen Blick zu.

Sie hielten sich alle an der rechten Felswand, um ja nicht an der Schlucht vorbei zulaufen. Dann fanden sie endlich den Eingang zur Schlucht, der Nebel war dichter geworden, doch sie schlichen weiter in der Hoffnung, dass der Nebel sich bald lichtet. Wie weit sie schon in die Schlucht vorgedrungen waren, konnte keiner sagen, der Nebel nahm ihnen jegliches Zeitgefühl. Es war mucksmäuschenstill, dann hörten sie ein grollen, so ob ein Donner durch die Luft sauste und ein Schrei, der von Fleckchen kam. Alle blieben angewurzelt stehen und horchten, dann rückten die einen langsam voran und andere zurück, dahin woher der Schrei gekommen war. In der Mitte der Kolone, wo sich die Einhörner befanden, stießen alle zusammen. Ein Gemurmel ging durch die Reihen.

„Was ist los? Wer hat da eben geschrien wie an Spieß?", fragte Falkon, obwohl er die Antwort längst wusste. Er schaute Fleckchen an, die am ganzen Körper zitterte, dann gab sie die Sicht auf Schattenfell frei. Das Einhorn lag auf dem Boden und um ihn herum waren Gesteinsbrocken, die alle eine Größe von einem Fußball hatten. Der Regen hatte mittlerweile aufgehört und die Sonne hatte an manchen Stellen den Nebel vertrieben.

„Was ist mit Schattenfell, er rührt sich nicht. Er ist doch nicht Tod?", fragte Fleckchen mit bebender Stimme.

Falkon untersuchte Schattenfell, er vermochte nichts Schlimmes zu ertasten. Nur das eine

Vorderbein, das sah nicht gut aus, es schien gebrochen zu sein.

„Kannst du ihm helfen? Bitte er darf nicht sterben. Was soll denn aus mir werden wenn …", Fleckchen schluckte, sie konnte nicht weiter sprechen.

„Ach Fleckchen, es ist nur ein Beinbruch, auch wenn er noch bewusstlos ist. Hast du vergessen, dass ihr unsterblich seid". Talia versuchte sie zu trösten.

„Das stimmt so nicht, starke inneren Verletzungen können uns schon töten", jammerte Fleckchen weiter.

„Aber nur, wenn sie nicht mit Gewalt verursacht wurden, sowie bei Schattenfell seine erste Partnerin. Da ging während der Geburt in ihr etwas kaputt und das hat ihr das Leben gekostet. Also mach dir keine Sorgen, Schattenfell wird sicher gleich wieder zu sich kommen", versuchte Falkon sie, zu beruhigen. Kaum das Falkon ausgesprochen hatte, schlug Schattenfell die Augen auf.

„Was starrt ihr mich alle so an?", fragte er und versuchte aufzustehen.

In den Moment wusste Schattenfell, warum ihn alle an starrten, denn er sackte unter Schmerzen wieder zusammen.

„Wir werden dein Bein schienen, dazu wirke ich einen Heilzauber, es wird dann schneller heilen", erkälte Falkon.

Jetzt war es Schattenfell, der sie aufhielt. Nur langsam kamen sie voran. Sie waren froh, dass der Nebel weg war, das hob ein wenig die Motivation der Gruppe. Schritt für Schritt ging es weiter, bis auf einmal ein weites Tal zu sehen war.

„Du hast nicht gesagt, dass auf der anderen Seite der Schlucht ein Tal sein würde", meckerte Falkon Sheila an.

„Das ist dich logisch. Was hast du denn gedacht, dass das Getreide so am Wegesrand wächst? Ein bisschen mehr Verstand hätte ich dir schon zugetraut", verteidigte sie sich. Falkon schaute sie mit offenem Mund und stumm an, mit so einer Reaktion von Sheila hatte er nicht gerechnet. Er traute sich nicht, ihr darauf zu antworten, da ihm klar war, dass sie Recht hatte.

„Wir werden hier rasten, Schattenfell braucht eine längere Pause", sagte er und wandte sich von Sheila ab.

„Ist er jetzt sauer auf mich?", fragte Sheila und drehte sich zu Talia.

„Ach was, wenn er so eine kleine Rüge nicht verkraftet, hätte er nicht Kommandant werden sollen", entgegnete sie.

„Na ja, hätte ja sein können, dass ich ihn in seiner Ehre gekränkt habe".

„Ach was, mach dir keine Gedanken, du hattest ja Recht. Komm, laß uns nachsehen, wie es Schattenfell geht", meinte Talia und zog Sheila mit sich. Bei Schattenfell angekommen, war Falkon damit beschäftigt das Einhorn nochmals zu untersuchen. Er wirkte einen weiteren Heil- und Schmerzfreizauber.

„Danke Falkon, dadurch dass du mit deiner Magie hilfst, wird mein Bein, wenn ich es jetzt nicht mehr belaste mit Glück morgen wieder verheilt sein".

„Was so schnell! Das grenzt ja an ein Wunder!".

Falkon tat total erstaunt, dabei wusste er genau, dass es so war. Es lag nicht nur an seine Magie, sondern auch an der eigenen Heilkraft der Einhörner.

Talia konnte nicht anders, sie schritt auf Falkon zu, der trotz allem ein wenig geknickt war, dass er nicht mehr für das Einhorn zutun vermochte.

„Sei stolz auf dich und deiner Heilmagie. Wenn wir dich nicht hätten, würde Schattenfell einige Tage länger zu leiden gehabt".

„Da stimme ich Talia zu", mischte sich Sheila ein.

Falkon wurde etwas verlegen. Es war eine Selbstverständlichkeit und brauchte nicht extra hervorgehoben werden.

„Ich bin ja froh, wenn Schattenfell schnell wieder auf den Beinen ist. Mir macht was ganz anderes Sorgen. Ich frage mich, ob diese Steinlawine mit Absicht ausgelöst worden ist. Es war nur eine kleine Lawine, wie mir scheint, sollte sie einem Angst einjagen und keinen Schaden angerichtet."

„Wie kommst du darauf? Ich habe schon öfters einen Steinschlag in den Bergen erlebt", entgegnete Sheila und war voller Neugier auf Falkon seine Erklärung.

„Hast du dir die Steine angesehen, die auf und um Schattenfell geprasselt sind? Sie hatten fast alle die gleiche Größe. Ich halte es für unmöglich, dass es so eine natürliche Steinlawine gibt. Es ist besser, wenn wir die Augen aufhalten, hier stimmt irgendetwas nicht!".

„Du meinst, dass das mit Absicht war! Aber wer schmeißt Steine auf ahnungslose Wanderer?", fragte Talia.

„Es könnten Bergtrolle gewesen sein oder Gnome. Lasst uns nur hoffen, dass sie nicht in Batars Dienste stehen. Einer Horde Bergtrolle wären wir total unterlegen", erwiderte Falkon.

„Ach was, vergesse nicht das zwei super Magier hier sind. Daghat und ich können sicher eine Horde Trolle oder Gnome in Schach halten". Talia war siegessicher. Sie selber stand noch nie einer Horde von wütender Bergtrolle gegenüber.

„Lass uns hoffen, dass wir weder auf Trolle oder Gnome treffen", sagte Falkon, der das alles nicht so optimistisch sah wie Talia.

Er hatte nun mal seine Befürchtung, so teilte er seine Männer dementsprechend ein. Falkon hatte keine Lust des Nachts überfallen zu werden.

Dieses Tal war extrem groß und war rundherum von dem schwarzen Gebirge umschlossen, soweit wie die Gruppe es im Moment zu beurteilen vermochte. Ein direkter Pfad oder Weg gab es nicht, so ritten und fuhren sie mitten durch. Erst durch hohes Gras, dann durch ein Kornfeld in dem sie sich hätten verstecken können, wenn sie nicht auf dem Wagen oder den Pferden saßen. Von Schattenfell und Fleckchen sah man nur den Hals und Kopf.

„Seid vorsichtig, wer weiß wer sich hier im Kornfeld versteckt", rief Falkon.

Doch Falkon war übervorsichtig. Es passierte überhaupt nichts, außer dass sie eine

heruntergetrappelte Fährte hinter sich ließen. Sie waren schon lange unterwegs, bis die Sonne von jetzt auf gleich unterging. Sie war hinter den Bergrücken verschwunden. Das Tal lag im dunklen, nur an den Spitzen der Berge erahnte man einen Hauch von Sonnenschimmer. Da sie sich immer noch im Kornfeld aufhielten, wurden die Pferde an den Planwagen gebunden. Ein Lagerfeuer kam nicht in Frage, keiner hatte Lust auf einmal von einem Feuermeer umgeben zu sein. So gab es anstatt warmen Tee, nur kaltes Wasser zu trinken. Was den Einhörnern und Hafu überhaupt nicht störte. Hafu fühlte sich hier richtig wohl, er strolchte durch das Kornfeld und kam mit jede Menge Getreidekörner im Fell zurück. Talia hatte Mühe diese aus deinem Fell zubekommen. Normalerweise genoss Hafu es immer, wenn Talia ihn sein Fell bürstete, doch dieses Mal ziepte es fürchterlich, welches er mit leichtem Jaulen kundtat.

„Stell dich nicht so an, du hättest ja nicht herumstromern müssen. Wie sagt man, wer den

Schaden hat, braucht für den Spott nicht mehr sorgen", grinste Talia. Sie streichelte bedauernd über seine Schnauze und stupste mit den Zeigefinger die kleine schwarze Nase an. Hafu gab nur ein Schnaufen von sich.

„Wie groß ist dieses Tal?", fragte Talia so nebenbei.

„Das weiß ich auch nicht, soweit in das Tal war ich nie gewesen", sagte Sheila.

„Na ja, irgendwann stoßen wir sicher auf eine Wand oder eine neue Schlucht", entgegnete Talia. In der Nacht hatten die Wachen ab und zu das Gefühl, dass sie beobachtet wurden. Doch so sehr sie sich auch anstrengten, sie vermochten in dieser schwarzen Dunkelheit nichts zu erkennen. Sie hörten nur manchmal ein knacken, so ob Getreide gebrochen wurde. Jedes Mal richteten sich ihre Blicke zu Hafu, ob er sich regte, denn auf ihn konnten sie sich verlassen. Wenn da etwas wäre, würde Hafu es als Erstes bemerken. Mit seinen großen Hasenohren hatte er ein sehr gutes Gehör, welches besser war, wie das der Feen. In der Früh, des nächsten Tages, untersuchte Falkon die nähere Umgebung, doch es war nichts zu erkennen, was das Knacken verursacht haben könnte. So musste er einsehen, dass er durch seine Übervorsichtigkeit bei den Männern schon Wahnvorstellungen hervorgerufen hatte. Nachmittags erreichten sie die andere Seite des Tales und standen jetzt vor einer riesigen Felswand.

„So und nun?", fragte Carion.

„Wir werden es so machen wie vorher. Eine Gruppe marschiert rechts herum die andere links. Sollte eine Gruppe bei dem Eingang zur Schlucht sein, läuft sie der anderen entgegen", bestimmte Falkon.

Dieses setzten sie erst am nächsten Tag um.

Da im Tal das Tageslicht schnell der Dunkelheit Platz machte, kamen die Gruppen nur langsam voran. Des Nachts konnten sie gar nicht weiter suchen, da es zu dunkel war. Mitten in der Nacht hörte Talia ein Echo, was von einer Seite zur anderen des Tales wanderte. Es hörte sich wie ein

Fluchen an, dann sah sie Lichtblitze aufleuchten. Sie machte sich Sorgen und fragte sich, ob bei der anderen Gruppe etwas passiert ist. Da Falkon schon schlief, weckte sie ihn auf.

„Falkon wache auf, ich glaube, den anderen ist etwas passiert. Ich hörte Flüche und sah einen Lichtblitz". Er sprang auf und horchte und starrte in die Dunkelheit, doch es war nichts mehr zu hören geschweige zusehen.

„Leider können wir jetzt nichts machen, aber sobald wir wieder etwas Tageslicht haben, reiten wir sofort weiter. Mach dir keine Sorge es geht allen sicher gut, ansonsten hätte Daghat sicher noch mehr Lichtblitze gewirkt", versuchte Falkon Talia zu beruhigen. Zum Schluss schlief Talia doch ein, obwohl sie angestrengt in die Nacht horchte. Bei Tagesanbruch ritten sie im schnellen Galopp los. Denn Planwagen hatte die anderen bei sich. Sie galoppierten am Eingang der Schlucht vorbei und trafen dann kurze Zeit später auf die anderen. Diese hatten sich noch nicht wieder auf den Weg gemacht, sie saßen alle still auf dem Boden.

„Da seid ihr ja endlich!", wurde Talia und Falkon zugerufen.

„Ist alles in Ordnung bei euch? Wir haben Lichtblitze gesehen", fragte Talia, sprang aus dem Sattel und schaute alle besorgt an, aber keiner schien verletzt zu sein.

„Es ist alles in Ordnung", antwortete Sheila.

„Warum seid ihr dann nicht weiter auf der Suche?", erkundigte sich Falkon.

„Weil wir den Eingang zu Batars Versteck gefunden haben!", entgegnete Carion, so als ob normal sei.

Jetzt schauten Talia und Falkon sich verwundert um, denn sie sahen nichts, was nach einem Eingang aussah. Carion und Daghat fingen an zu lachen, dann erzählte der Jäger.

„Gestern, als wir hier unser Lager aufschlugen, lehnten wir uns gegen den Felsen. Alles war ruhig, doch mitten in der Nacht verschwand diese Wand. Ich war fürchterlich am Fluchen und Daghat schickte ein paar Lichtblitze in die Luft. Dadurch stellten wir fest, dass es hier einen Durchgang gab. Nur heute Morgen war dieser Durchlass verschwunden und die Felswand wieder da", Carion holte tief Luft, doch jetzt erklärte Daghat weiter.

„Ich habe schon versucht herauszubekommen, ob Magie im Spiel war, doch ich konnte nichts spüren. So haben wir beschlossen hier auf euch zuwarten".

„Wir scheinen auf der richtigen Spur zu sein. Dann werden wir bis zur Nacht warten, falls wir nicht irgendein Mechanismus finden", entgegnete Falkon.

„Sucht alles am Felsen ab, solange wir noch Tageslicht haben", befahl er seinen Leuten. Jeder tastete die Felswand ab, selbst Hafu schnüffelte überall herum. Nach einiger Zeit gaben sie frustriert auf und saßen auf den Boden, bis Hafu auftauchte. Er lief zu Talia und zog an ihrem Hosenbein.

„Hafu laß das, du machst die Hose kaputt", meckerte Talia.

Doch Hafu blieb energisch, er zehrte fester an der Hose, drehte sich dann um und machte ein paar Schritte. Jetzt knurrte er auch noch, damit Talia auf ihn achtete.

„Was willst du denn?"

Talia hatte jetzt keine Meinung auf den kleinen Hoftel zu achten. Sie machte sich Gedanken, wo sie noch suchen sollten, um diese Wand zu öffnen.

„Vielleicht will dir der Hoftel etwas zeigen, du solltest in nicht ignorieren. Hafu ist ein außergewöhnliches Wesen und hat weit mehr drauf als nur ein Kuscheltier zu sein", sagte Carion und reichte Talia seine Hand, damit sie leichter aufstehen konnte.

„Wenn du meinst", entgegnete Talia nur.

Sie sah in Hafu nur ein Kuscheltier, dass er ihr auf dem Schiff geholfen hatte, das hatte sie vergessen. Na gut, dann geh ich eben dem Puschel hinterher, es wird sowieso nichts bringen, dachte sie nur. So folgten Talia und Carion dem Hoftel, der sie zu einem Busch, der dicht an der Felswand wuchs, führte. Er knurrte laut das Gebüsch an.

„Na dann lass mich mal sehen, was du gefunden hast", sagte Carion und schob Hafu weg.

Er bog die Äste des Busches beiseite und entdeckte ein Rad im Felsen.

„Hier scheint der Mechanismus zu sein", sagte er zu Talia, die es kaum glauben wollte das ausgerecht das Kuscheltier, das gefunden hatte, wonach sie suchten.

Carion drehte das Rad und wunderte sich, dass es so leicht ging. Mit jedem Dreh entstand ein schabendes Geräusch, so wenn man zwei Steine übereinander reiben würde.

„Hey die Wand bewegt sich!", wurde gerufen.

Es sah unheimlich aus, wie sich die Wand in den Felsen hineinschob. Alle wunderten sich, wie so ein Mechanismus hierhin in die schwarzen Berge gekommen ist. So etwas beherrschten, wenn überhaupt, höchstens die Zwerge. Doch Daghat meinte, dass kein Zwerg jemals diese Berge betreten hatte.

„Es lohnt sich nicht, darüber nachzudenken, unser Auftrag ist ein anderer", warf Falkon ein.

„Ist ja schon gut, dann lasst uns endlich nachsehen, was sich hinter der Wand ist", grummelte Daghat. Die Felsenwand hatte einen Eingang zu einem Tunnel freigegeben.

„So, wir werden zu Fuß weiter gehen, Pferde und Planwagen bleiben hier. Packt eure Rucksäcke, los, los!", forderte Falkon alle auf.

Hafu war geknickt, keiner hatte ihn gelobt und wurde von keinem beachtet. Traurig hüpfte er wieder auf Schattenfell sein Rücken, dort kuschelte er sich in seinem Fell ein.

Nachdem alle fertig ihre Rucksäcke gepackt hatten, verteilte Falkon Fackeln. Beim Eingang entzündeten sie diese und marschierten in den dunklen Tunnel hinein. Viel Licht spendeten die Fackeln nicht, es reichte gerade einmal, um direkt vor sich Hindernisse zu sehen. Schattenfell und Fleckchen wurden jeweils zwischen zwei Fackelträgern genommen. Alle waren sie still und jeder hatte ein mulmiges Gefühl im Bauch. Falkon und seine Männer trugen nicht nur eine Fackel bei sich, in der anderen Hand hielten sie ihre Schwerter. Talia und Daghat waren konzentriert. Sie versuchten, irgendeine Art von Magie zu erspüren, doch bis jetzt hatte hier niemand Magie gewirkt. Die beiden Magier waren so angespannt, dass sie gar nicht bemerken, dass von vorne ein Bergtroll, der etwas größer und breiter war, als die Feen, schwerfällig auf sie zukam. Man sah ihn nur so früh, weil er ebenfalls eine Fackel bei sich trug. Schon vom weiten rief der Bergtroll.

„Wer hat das Tor aufgemacht und nicht wieder geschlossen? Los sag was du Halunke". Die Gruppe blieb wie angewurzelt stehen, ein paar löschten ihre Fackeln zum Schutz der Frauen und der Einhörner.

„Ich weiß, dass da vorne jemand ist, komm raus, bevor ich euch holen muss", polterte der Troll. Falkon gab den anderen ein Zeichen, das sie bleiben und still sein sollten.

„Ich komme schon, tut mir nur nichts. Ich bin unbewaffnet", rief Falkon.

Talia bekam Angst um ihren Freund und sprach ihn gedankendlich an.

„Talia: Falkon was machst du da für ein Blödsinn? Das ist zu gefährlich, alleine einem Troll gegenüber zustehen".

„Falkon: Keine Angst Talia, es ist aber die beste Gelegenheit den Troll auszuspionieren. Kommt mir langsam hinterher, wenn er mit mir weggeht."

„Talia: Du weißt, wenn ich dich nicht mehr sehe, dass dann der Gedankenkontakt abbricht".

„Falkon: Ja, deswegen musst du in meiner Nähe bleiben, aber so das der Troll dich nicht sieht. Ich werde versuchen den Troll so zu manipulieren, dass er mir alles erzählt, was wir wissen wollen und das er am Tunnelausgang mit mir rastet."

„Talia: Gut, ich werde versuchen Sichtkontakt mit dir zuhalten. Pass aber trotzdem auf dich auf".

Langsam ging Falkon auf dem Troll zu.

„Ist noch jemand bei dir?", fragte der Troll mit einer tiefen Stimme, die sich etwas bedrohlich anhörte.

„Nein, ich bin alleine, aber auf der Suche", sagte Falkon. Der Troll schaute ihn von oben bis unten an, er musterte Falkon regelrecht. Die Augen des Trolls zeugten davon, dass er intelligenter war, als die Trolle, die sonst im Land herumliefen. Falkon versuchte, den Troll einzureden, dass er unbedingt am Ausgang des Tunnels sich hinsetzen musste, weil er erschöpft sei. Beim Ausgang angekommen, sah Falkon ein weiteres Tal, welches aber kleiner war. Der Troll ließ sich auf dem Boden plumpsen.

„Setz dich", forderte der Troll.

Jetzt musterte Falkon den Troll. Dieser war mit einer Art von Lederhose bekleidet, ansonsten trug er nur seine braune kurze Körperbehaarung. Nur sein Gesicht war haarlos. Schuhe kannte der Troll scheinbar nicht. Nachdem sich Falkon setzte, fragte der Troll.

„Was suchst du?"

„Batar, den Magier. Ich habe gehört, dass er hier sein soll und hoffe, dass er mich in der Magie unterweisen kann", behauptete Falkon.

Der Troll merkte es gar nicht, dass Falkon ihn manipulierte. Er dachte, dass es seine eigenen Gedanken sein, dass er diesen Feenmann vertrauen entgegenbrachte und ihm alles erzählte. So beantwortete er jede Frage, die Falkon stellte.

„In der Schlucht zum großen Tal fielen mir Steine vor die Füße, stecktest du dahinter?", fragte Falkon.

„Ja, aber ich will das nicht. Dieser Magier zwingt mich dazu, wenn ich meine, dass irgendjemand in der Schlucht sei, muss ich die Steinlawine loslassen", antwortete der Troll.

„Mit was kann er dich denn dazu zwingen?"

„Er droht meiner Frau und meinem Sohn zu töten, wenn ich nicht tätig werde, was er verlangt".

Der Troll schaute traurig und besorgt aus.

„Wo ist deine Familie jetzt?", erkundigte sich Falkon weiter.

„Der Magier hat sie in seiner Gewalt, bei mir zuhause in meiner Höhle. Dieser Magier hat sich dort eingenistet wie die Made im Speck", grummelte der Troll.

„Was würdest du sagen, wenn ich dir helfe deine Familie, aus den Fängen des Magiers zu befreien?", fragte Falkon vorsichtig.

„Er ist zu stark, ehe du dich versiehst, hat er dich mit seiner Magie getötet. Aber hattest du nicht gesagt, du wolltest bei ihm die Magie erlernen?", entgegnete der Troll und schaute Falkon skeptisch an.

Jetzt musste sich Falkon schnell eine passende Antwort einfallen lassen.

„Stimmt, das habe ich gesagt, aber bei so einem Magier der Kinder als Druckmittel benutzt, bei so einem will ich nicht in die Lehre gehen", sagte Falkon mit Nachdruck. „Ich alleine, werde nicht gegen Batar ankommen, aber falls ich Freunde dabei haben sollte, könnten die uns helfen", versuchte Falkon vorsichtig, sich heranzutasten.

Der Troll schaute ihn groß an.

„Hattest du nicht gesagt, dass du alleine sein würdest, wo sollen den deine Freunde sein".

„Ja das habe ich gesagt, es war zum Schutz. Ich wusste ja nicht, wie du reagierst, wenn auf einmal mehrere vor dir stehen. Doch jetzt sind sie nah herangekommen, dass sie dir den Kopf abschlagen könnten. Aber das wollen wir gar nicht, wir würden keinem etwas antun der uns nicht angreift. Was wir begehren, ist Batar den Magier und wenn du uns hilfst, dann helfen wir dir".

Falkon ging ein großes Risiko ein, die Gruppe war noch nicht so nah bei ihnen, nur Talia war in seiner Nähe. Er hoffte, dass der Troll seine Familie wichtiger war, als seine kleine Lüge.

„Na gut, wir müssen aber vorsichtig vorgehen. Sollte meiner Familie irgendetwas passieren, dann werdet ihr und eure Freunde, falls es diese denn gibt, sterben", knurrte der Troll ihn an.

„Das kann ich verstehen", entgegnete Falkon und atmete tief durch.

Da Talia die ganze Zeit mit Falkon gedankendlich verbunden war, wusste über alles Bescheid. Sie verließ ihr Versteck und schlich zu den anderen, um ihnen zu erzählen wie die Lage stand.

Langsam kamen sie aus ihrem Versteck. Der Troll schaute die Gruppe an und fing laut an zu lachen.

„Ja mit euch zusammen könnte es klappen".

Dann entdeckte er die Einhörner und ein Grinsen zierte sein Gesicht.

„Fleckchen was machst du denn hier, wolltest du nichts ins Wiesenland?", fragte er erstaunt.

„Ja Gunga, das wollte ich. Doch vorher traf ich auf den Magier, der mir etwas versprochen hatte, was er aber nicht gehalten hat. Jetzt helfe ich meinen Freunden, den Magier niederzustrecken", sprach sie selbstbewusst.

„Wow, aus dem ängstlichen Einhorn ist ja ein mutiges geworden". Gunga, der Troll strahlte regelrecht.

„Ihr kennt euch?", fragte Talia.

Fleckchen nickte.

„Na sicher, Fleckchen war oft Gast bei uns", sagte Gunga mit seiner bassartigen Stimme. Der Troll streichelte Fleckchen zärtlich, fast schon liebevoll, über ihr Fell.

„Ist das dein Mann?", fragte er und sah zu Schattenfell.

Im ersten Moment wusste Fleckchen nicht, was sie sagen sollte, doch nachdem sie Schattenfell in die Augen schaute sagte sie:

„Ja, das ist Schattenfell und der Vater meines Kindes".

„Was?", riefen alle erstaunt.

Schattenfell war noch erstaunter.

„Wie, wann?"

Er schüttelte den Kopf, hatte er eben richtig gehört. Mit fragenden Blick sah er zu Fleckchen.

„Muss ich dir das Wie wirklich erklären und das Wann solltest du auch wissen, schließlich warst du dabei", lachte Fleckchen.

Könnte man Schattenfell seine Haut sehen, sähe man jetzt, wie er rot wurde. Doch er senkte nur verlegen den Kopf. Es dauerte einen Augenblick, dann erhob er diesen wieder und lächelte, dabei zeigte er seine Zähne.

„Ist das wirklich wahr? Ich werde Papa?"

Auch wenn Schattenfell seine Aussage, als Frage gestellt hatte, war es eher, als glückliche Feststellung gemeint.

„Das gibt es doch nicht, da turteln die beiden in solchen schwierigen Zeiten herum", brummte Daghat kopfschüttelnd.

„Egal was in den nächsten Tagen passiert, sobald es gefährlich wird, wirst du dich in Sicherheit bringen. Hast du mich verstanden", sprach Schattenfell in einem ernsten Tonfall zu Fleckchen. Diese zuckte zusammen und nickte.

Schattenfell tat es schon leid, so hart zu Fleckchen gewesen zu sein, so sah er sie entschuldigend an.

Fleckchen war es nur recht, sie hatte keine Lust auf den Magier zutreffen, auch wenn sie Batar gerne ihre Meinung gesagt hätte. Doch ihre Angst, dass er ihr etwas antun könnte und somit ihrem Kind, war zu groß, deswegen nahm sie Schattenfell seine Worte zu herzen.

„Das ist ein stolzer Mann, er passt zu dir liebste Freundin", flüsterte Gunga ihr ins Ohr.

Fleckchen strahlte, sie fühlte sich nur glücklich.

Alle freuten sich mit ihr.

„Wann wird es denn so weit sein?", fragte Talia.

Fleckchen schluckte.

„Das weiß ich nicht, man hat mir nie erzählt, wie lange man ein Kind unterm Herzen trägt. So muss ich mich überraschen lassen, es kommt dann, wenn es kommen will."

„Ach Liebes, das kann ich dir sagen. Es sind ca. 320 Tage", klärte Schattenfell sie auf.

„Ach so, dann habe ich ja noch jede Menge Tage vor mir", grinste Fleckchen.

„Ja viele Tage an den du mich sicher herum scheuchen wirst mit: Hole mir dies oder das", jammerte Schattenfell scherzhaft.

„Ach was, so etwas mache ich nicht", meinte Fleckchen.

„Doch, doch das wirst du. Bei Elinara war es genauso, warum sollte es bei dir anders sein. Ich werde es gerne erledigen, die Kräuter und die besonderen Gräser zu besorgen", sprach Schattenfell glücklich.

Kampf der Magier

„So wir sind da, schaut, dort drüben ist der Eingang zu meiner Wohnhöhle", sagte Gunga und zeigte voraus.

Sie hatten nicht bemerkt, wie der Bergtroll sie geführt hatte, sie waren ihm einfach hinterhergelaufen. Durch Fleckchens Offenbarung waren sie alle mit den Gedanken bei ihr gewesen. Was ja auch gut war, so konnten sie einmal kurz abschalten und brauchten nicht an die Gefahr denken, die jetzt vor ihnen lag.

„Kommt der Magier mal heraus oder bleibt er immer in der Höhle?", fragte Carion.

„Seitdem er bei uns ist, hat er uns nur ein einziges Mal verlassen. Zu der Zeit verschwand auch Fleckchen. Dann tauchte er wieder auf, er schien krank zu sein. Seither bemühen wir uns alles zutun was er von uns verlangt. Wie gesagt er droht meiner Familie zu töten, wenn wir nicht gehorchen", erklärte Gunga nochmals.

„Dann lasst uns besprechen, wie wir vorgehen sollten", bat Talia.

Ein leichtes Zittern lag in ihrer Stimme, die verriet, dass sie aufgeregt war.

„Ich würde vorschlagen, das Gunga, so wie er es gewohnt ist, seine Höhle betritt. Da er breit ist, können wir uns hinter ihn verstecken und kommen so hoffentlich ungesehen hinein. Sobald wir auf Batar treffen, werde ich versuchen hinter seine Gedankenmauer zu springen, wenn das klappt, können wir eventuell einen magischen Kampf aus dem Wege gehen", schlug Talia vor.

„Und wir werden uns auch auf einen körperlichen Kampf einstellen", gab Falkon von sich und zog sein Schwert mit einem Blick zu seiner Garde. Diese machten es ihm nach und schauten positiv und kampfeslustig.

„Schattenfell, Fleckchen und Sheila ihr bleibt auf jeden Fall draußen", forderte Talia.

„Aber ....". Schattenfell wollte etwas sagen, doch Talia unterbrach ihn sofort.

„Nichts aber, wenn Fleckchen nicht schwanger wäre, hätte ich dich ja mit reingelassen. Ich werde Batar in deinem Namen fragen, was aus den Einhornkindern geworden ist".

Talia war so ernst, das Schattenfell es nicht mehr wagte etwas zusagen. So blieben die drei draußen und die anderen folgten Gunga in die Höhle. Der Eingang war groß und breit, nach wenigen Schritten standen sie im Dunklen. Das Licht welches von Eingang hinein schien wurde schon nach wenigen Meter von den Felswänden geschluckt. Um sich nicht zu vertreten oder sich zu verlieren, gingen sie hintereinander mit einer Hand auf der Schulter des Vordermanns. So führte Gunga sie Schritt für Schritt voran. Talia wollte gerade Fragen, wie weit es noch sei, als sie eine Stimme hörte.

„Da bist du ja wieder. Hast du jemanden entdecken können?", fragte die Stimme, die sich komisch anhörte, griesgrämig und schwach.

Da das Lagerfeuer, welches vor ihnen brannte, viele Stellen im dunklen lies, vermochten sie sich alle gut zu verstecken, sodass Gunga ins Licht treten konnte.

Talia wollte Gunga schützen und kam, bevor er etwas sagen konnte, hinter seinem Rücken hervor, doch blieb sie im Schatten stehen.

„Ja, er hat mich gefunden", sagte sie.

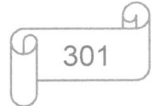

Batar konnte sie nicht richtig erkennen, deswegen nahm er an, dass dort Kaja stehen würde.

„Kommt wahrhaftig die Königin höchstpersönlich, du bist so durchschaubar".

Ein Grinsen huschte über sein Gesicht.

„Du hast dir Zeit gelassen hierher zu kommen. Ich dachte schon, du würdest nicht darauf kommen, wer dich herausgefordert hat".

Batar lachte laut, welches sich gequält anhörte.

Talia hatten diesen kurzen Moment genutzt, um hinter seine Mauer zuspringen, was ihr keine Schwierigkeiten machte, da er seine Schutzmauer vernachlässigte. Er bekam davon nichts mit, dass sie jetzt in seinen Gedanken und Erinnerungen kramte, doch das was sie in seinem Kopf sah, befriedigte sie überhaupt nicht.

Sie brauchte Batar nicht fragen wo oder was aus den Einhornkindern geworden ist. Seine Gedanken drehten sich nur um den verwunschenen See, alles was durch das Verschwinden des Sees passierte, davon hatte er keine Ahnung. Er wollte nur Kaja zu sich locken oder die Nachricht erhalten das Kaja tot sei. Doch alles glitt ihm aus den Händen. Er hegte jetzt groll gegen den Magier, der ihm den Verschwindezauber beigebracht hatte. Batar fühlte sich betrogen, weil der Zauber in schwächte. Er wollte doch der beste aller Magier werden und sich dann den Thron zurückholen. Doch die Magie, die er aus dem Büchlein gelernt hatte, zog ebenfalls an seiner Kraft, wenn er diese einsetzte.

Talia sah, wenn Batar nicht kooperierte eine Chance ihn zu besiegen.

„Komm aus den Schatten, zeig dich oder hast du Angst mir in die Augen zu schauen", befahl Batar.

„Nein das habe ich nicht, denn du kannst mich nicht manipulieren", rief Talia.

„Bist du dir da so sicher? Na los komm schon hervor. Weißt du, was für Qualen ich im Kerker auszuhalten hatte. Nein, das weißt du nicht. Warum Kaja, warum hast du mir nur etwas Seele gelassen? Langte es dir nicht mich besiegt zuhaben? Nein, du musstest mich 10 Jahre lang ein unwürdiges Dasein leben lassen, fast wie ein Tier musste ich dahin vegetieren. Du bist eine grausame Fee und nicht würdig eine Königin zu sein. Sag endlich etwas oder hat es dir die Sprache verschlagen. Zeig dich endlich, komm raus aus dem Schatten", brüllte Batar.

Er war so in Rage das ihm, als Talia hervortrat, der Atem stockte. Mit großen Augen, die irritiert dreinschauten, sah er sie an.

„Wer bist du und wo ist Kaja. Ich verlange, dass Kaja hierher kommt, dieses ist sie mir schuldig", brüllte Batar, fast schon wahnsinnig.

Talia spürte, dass Batar ein zwiegespaltenes Wesen war. Auf der einen Seite war er voller Hass und Wut, auf der anderen war er fast wie ein kleines Kind, das getröstet werden will. Das war keine gute Kombination, es machte einem schwerer, Batar seine Reaktion richtig einschätzen zu können. Doch Talia versuchte, erst einmal seine kindliche Seite anzusprechen.

„Ich bin Talia, es tut mir leid, dass Kaja sich dir nicht stellen kann. Doch weil der verwunschene See verschwunden ist, konnte sie die Stadt nicht verlassen. Um dir Gerechtigkeit zu geben, solltest du mit mir durch die Nebelwand gehen, um den See hervorkommen zulassen. Nur wenn der See wieder erscheint, vermag sich Kaja, dir zustellen", sagte Talia in einem sanften Ton.

„Das will ich aber nicht, Kaja hat hier her zu kommen", schrie Batar trotzig ihr entgegen.

In der Zeit wo Talia mit Batar beschäftigt war, holte Gunga seine Familie aus der Höhle. Falkon nickte zustimmend, dass der Troll sie in Sicherheit brachte. Batar bemerkte davon nichts, er war zu sehr auf Talia konzentriert.

„Dann müssen wir dich mit Gewalt mitnehmen", erwiderte Talia auf seine Trotzigkeit.

Batar plusterte sich auf, in diesen Moment hatte man nicht das Gefühl, das er schwach war. Erst versuchte er, hinter Talias Mauer zu kommen, um sie zu manipulieren, doch er schaffte es nicht. Ihre Schutzmauer stand wie ein Fels in der Brandung. So rief er laut die Worte einer Formel und Feuerbälle kamen auf Talia zugerast. Diese wirkte sofort eine Wasserwand, so verpufften die Feuerbälle, aber auch die Wasserwand.

„So, du willst es auf die harte Tour. Gut dann geht der Kampf der Magier los!", rief Talia so laut, dass es alle hörten. Hauptsächlich Daghat sollte es hören, damit er im Notfall eingreifen konnte. Alle machten sie sich bereit. Daghat wirkte über alle Nichtmagier, denn nur bei ihnen funktionierte diese Magie, einen Schutzzauber. So waren sie vor Batars Magie etwas geschützt. Für Talia, Falkon und sich selber konnte er keine Schutzmagie wirken. Sie hofften, dass sie stark genug gegen Batar sein würden. Doch sie mussten im Dunklen bleiben, damit Batar nicht in ihre Augen schauen konnte, sodass er sie manipuliert um sie gegen Talia einsetzen zu können. Nur Talia alleine war gegen seine Manipulation immun.

Batar war erstaunt, dass seine Feuerbälle verpufften.

„So, du bist eine Magierin? Dann lass uns messen, wer stärker ist. Ich hoffe, dass Kaja einen ebenbürtigen Gegner zu mir geschickt hat".

Batar grinste, er fühlte sich im Moment Talia überlegen. Er sah in ihr nur eine junge Fee, die wie er meinte, sich überschätzte, auch wenn er nicht hinter ihre Mauer kam, was ihn etwas ärgerte.

So wirbelten Feuerwände, Wirbelstürme, Erdlawinen und Wasserwände durch die Höhle. Dies ging schon viele Minuten so, Talia hatte schon längst kein Zeitgefühl mehr. Sie hatte einen Augenblick nicht aufgepasst, als ein weiterer Feuerball auf sie zuraste. Er hätte sie getroffen, wenn nicht auf einmal Hafu bei ihr gewesen wäre, der riesengroß wurde, so dass der Feuerball an seinem Schutzzauber abprallte.

„Talia du musst konzentriert bleiben, so einen Angriff hält Hafu nicht noch einmal aus", rief Daghat zu ihr.

Hafu wurde wieder klein und verschwand hinter ihrem Rücken.

Batar seine Magie zerrte an seinen Kräften, so wurden seine Angriffe immer schwächer. Talia war wütend geworden, sie wollte nicht das andere ihretwegen in Gefahr geraten, nur weil sie kurz nicht aufpasste. So wirkte sie einen Angriff auf Batar, eine Kombination aus zwei Elementen. Doch sie ahnte nicht, wie kraftvoll diese Magie war, denn das was passierte, das hatte sie so nicht gewollt.

Ein Feuerwirbel, bestehend aus Feuer- und Luftmagie, jagte auf Batar zu.

Er war so erstaunt, dass er zu spät eine richtige Gegenmagie wirken konnte.

Der Feuerwirbel erfasste Batar und ließ ihn in die Luft wirbeln. Ein lauter, grausiger Schrei hallte durch die Höhle. So laut, dass alle ohne

Ausnahme sich die Ohren zu hielten. Selbst der kleine Hafu legte seine Pfoten über seine langen Ohren, die jetzt herunter geknickt waren. Dann herrschte Stille, der Feuerwirbel verpuffte und Batar fiel von der Höhlendecke herunter, er rührte sich nicht mehr.

Talia schaute erschreckt auf Batar sein Körper, der verrenkt dalag. Sie konnte sich nicht rühren, stand nur geschockt mit weit aufgerissenen Augen da.

Falkon ging vorsichtig auf Batar zu und stupste ihn mit dem Schwert an, doch Batar bewegte sich nicht. Nachdem Daghat dazukam, stellten sie seinen Tod fest.

„Das habe ich nicht gewollt", stammelte Talia und fing das Weinen an.

„Sei nicht traurig Talia. Ich glaube, Batar spürte, dass er dir unterlegen war und um nicht wieder in den Kerker zu müssen, zog er diesen Tod sicher vor", versuchte Daghat sie, zu trösten.

Falkon hatte sie schon in seine Arme, wo sie sich an seiner Brust ausweinte. Doch egal was alle sagten, Talia machte sich Vorwürfe. Keiner vermochte ihr diesen Kampf, der jetzt in ihr tobte, abzunehmen. Sie selber musste einen Weg finden, um damit zurechtzukommen, dass sie jemanden das Leben genommen hatte.

Langsam gingen sie aus der Höhle heraus. Gunga sah sie fragend an.

„Du und deine Familie, ihr braucht keine Angst mehr haben, Batar ist tot", sprach Falkon.

Schattenfell der dies hörte, kam auf Talia zu und fragte.

„Wo sind unsere Kinder?"

„Tut mir leid Schattenfell, Batar wusste nichts über die Einhornkinder, er hatte keine Ahnung, was alles mit dem Verschwinden des Sees zusammen hing", sagte Talia leise.

Schattenfell spürte, dass es Talia nicht gut ging, so fragte er Falkon, was in der Höhle passiert ist. Nachdem Schattenfell alles gehört hatte, trat er wieder auf Talia zu.

„Liebste Freundin, ich weiß, dass dir keiner deine Last abnehmen kann, doch vermag ich sie ein wenig zu lindern. Du weißt doch noch was der Magier, der in der Stadt geblieben ist, gesagt hat. Dass er den See wieder hervorholen kann, wenn Batar tot ist. Sehe seinen Tod, als Hoffnung für die Einhörner. Es gab doch nur den einen oder anderen Weg und Batar hat sich für den anderen entschieden".

Er legte zum Trost seinen Kopf auf ihre Schulter. „Danke Schattenfell, für deine aufbauenden Worte. Ich werde trotzdem einige Zeit daran zu knabbern haben", entgegnete Talia.

Mittlerweile war es mitten in der Nacht. Gunga und seine Familie hatten Holz zusammen gesammelt. So war schnell ein Lagerfeuer außerhalb der Höhle entfacht. Sie saßen fast alle um dieses Lagerfeuer und genossen die Wärme, die ausgestrahlt wurde. Falkon kümmerte sich um Hafu, er hatte doch mehr abbekommen, als alle dachten. Da wo der Feuerball ihn traf, trotz Schutzzauber, war sein Fell und Haut verbrannt. Falkon versuchte durch eine Heilmagie, diese Stelle zu heilen. Die Haut heilte zwar, aber das Fell wollte nicht wieder wachsen. So hatte Hafu für immer ein äußeres Andenken an diesen Kampf, sowie Talia den seelischen hatte. Gunga ließ ungern seine neuen Freunde ziehen, doch sie mussten los. Die schwarzen Berge kamen allen nicht mehr so schwarz und dunkel vor. Sie reisten innerhalb von zwei Tagen bis Sheilas alte Hütte, hier ruhten sie sich wieder aus, sammelten Kraft für die nächste Etappe.

Nachdem sie hier ihren Proviant mit den wilden Früchten und die Wasserfässer mit dem Wasser aus der nahen Quelle auffüllten, ging es weiter. Auch dieses Mal brauchten sie ein paar Tage, bis sie bei Fenjas Haus ankamen. Der Gnom Sirus freute sich, alle wohlauf zu sehen. Nachdem alle gemütlich zusammen saßen, außer die Einhörner, die wollten lieber draußen an der Luft bleiben, fragte der Gnom:

„Bleibt ihr jetzt zuhause?".

Dabei schaute er Sheila groß und hoffend an, er hatte es statt immer alleine zu sein.

„Ja, Sirus ich werde jetzt zuhause bleiben", erwiderte sie.

„Auch ich werde nicht mit nach Mintora weiter reisen", sagte Carion.

Talia sah ihn erschrocken an, dass er mit Sheila zusammen leben will, das wusste sie ja. Doch sie dachte, dass er erst mit nach Mintora kommt und später zu Sheila zurückkehren würde und jetzt das.

„Aber Vater was soll ich Kaja sagen?".

„Ach Talia, sie wird meinen Bewegungsgrund verstehen und du hoffentlich auch. Mein Leben ist jetzt hier an Sheilas Seite. Einen neuen Jäger für den Minwoodwald wird schnell gefunden sein. Meine Hütte im Wald, das wird jetzt dein zuhause sein, wenn du sie denn möchtest".

Carion schaute seine Tochter an und seine Augen baten um Verständnis. Talia atmete tief durch, dadurch verhinderte sie, dass ihr die Tränen kamen.

„Gut, ich werde Kaja sagen, dass dich die Liebe bei Sheila hält. Ich glaube, sie wird sich freuen, denn durch eure Verbindung werden wir miteinander verwandt. Habt ihr vor eure Verbindung offiziell zu machen?", wollte Talia wissen.

„Ja, deswegen bitten wir dich dieses Schreiben von uns mitzunehmen, damit du unsere Verbindung eintragen und bezeugen kannst", bat Sheila. Sie überreichte Talia einen Brief und sie fragte sich, wann die beiden das Schreiben aufgesetzt hatten. Doch darauf bekam sie natürlich keine Antwort, denn sie fragte ja nicht danach. Talia fand es zwar schade, dass sie ihren Vater zurücklassen musste, aber sie wusste wer und wo er war. Das war schon mehr, als sie gehofft hatte, wie sie ins Feenland kam. Falkon merkte, dass Talia etwas traurig war, so nahm er sie in die Arme und sah ihr in ihre hellblauen Augen. Beide Augenpaare strahlten wie ein heller Stern am Nachthimmel. Talia spürte wieder dieses Kribbeln in ihrem Bauch, was in den letzten Tagen sich nicht gezeigt hatte, wenn sie Falkon ansah. Sie nahm an, dass es nur daran lag, weil ihr Kampf gegen Batar wichtiger war, als ihr Gefühlsleben. Jetzt war sie glücklich, wenn sie in Falkons Armen lag.

Carion knurrte und schaute Falkon grimmig an. Doch weder Falkon noch Talia ließen sich stören, beide genossen es, die Wärme des anderen zu spüren.

Rückweg

Am Morgen wurden sie alle für Arbeiten eingeteilt. Talia und Daghat hatten eine besondere Aufgabe. Die beiden musste eine Naturmagie wirken, für Daghat war es einfach, aber Talia tat sich damit ein wenig schwerer.

Talia wusste nicht, woher Carion so viele Baumsamen her hatte, doch sie erinnerte sich das er immer einen kleinen Beutel, um den Hals trug, in diesem musste er die Samen aufbewahrt haben. So viele Samen lagen jetzt in ihrer Hand. Sie wirkte einen kleinen Luftwirbel, der die Samen aus ihrer Hand auf das Land hinter Fenjas Hütte verteilte. Dann wirkten die beiden Magier die Naturmagie des Wachsens.

Jeder der sie beobachtete, staunte, dass auf einmal kleine Bäume, jegliche Art auftauchten und immer größer wurden. Nachdem die Bäume eine Höhe von zwei Meter erreichten, hörten Daghat und Talia auf ihre Magie, zu wirken.

„Ich hätte es nicht geglaubt, wenn ich es nicht mit eigenen Augen gesehen hätte. Vielen Dank euch beiden, so werde ich mich hier schneller einleben".

Carion strahlte, er freute sich auf diesen Mischwald und auf die Wesen, die diesen Wald als ihre Heimat ansehen. Nicht nur Einhörner werden in ihm ein neues zuhause finden. Daran glaubte Carion fest. Talias und Daghats Arbeit war erledigt. Jetzt schauten sie zu den anderen, um zu helfen, doch der Planwagen war schon neu beladen, es gab nicht mehr zu helfen. Alle waren sie froh, dass es endlich wieder Richtung Heimat ging, für die meisten war es Minwood. Sie wollten aufbrechen, doch die Einhörner diskutierten miteinander.

„Was ist los mit euch beiden?", fragte Talia.

„Ach Fleckchen will es nicht einsehen, dass es für sie besser ist, wenn sie hierbleibt bei Carion und Sheila", erklärte Schattenfell.

„Ich gehöre zu Schattenfell und wer weiß, vielleicht dürfen wir doch im Einhornland bleiben, wenn der See und die Kinder wieder da sind", versuchte Fleckchen zu argumentieren.

„Nein Fleckchen wir dürfen nie wieder zu unserem Volk. Das weißt du genau, wer einmal das Land verlassen hat, ob freiwillig oder nicht, dem wird nur ein einziges Mal gewährt zurück zukommen um sich von seiner Familie zu verabschieden. Du warst schon einmal zurückgegangen und durftest du bleiben? Nein und die Nebelwand würde dich nicht mehr hindurch lassen". Schattenfell war es leid, wie oft hatte er ihr es schon erklärt.

Fleckchen schüttelte traurig den Kopf, sie war nicht gewillt es zu glauben.

„Ich aber muss noch einmal zurück, um ein letztes Mal Olina zusehen und um mich von ihr verabschieden zu können, wenn ich das gemacht habe, komme ich zu dir zurück. Bitte Fleckchen denke an unser Kind, jeder Tag wird dir schwerer fallen, um zu reisen". Schattenfell sah sie flehentlich an.

„Na gut, auch wenn es mir schwerfällt, ich werde hier auf dich warten. Sei bitte vorsichtig, wir brauchen dich hier", gab Fleckchen nach.

Endlich war alles geklärt und es ging los. Talia war tapfer, sie zeigte keinen wie es um sie stand. Ein dicker Kloß saß in ihre Kehle, ihr fiel es schwer Fleckchen, Sheila und Carion zurück zulassen. Sie schluckte ihre Traurigkeit hinunter. Daghat und Talia saßen zusammen auf dem Planwagen. Da er die Gitarre endlich beherrschte, spielte er ein Lied nach dem anderen, sogar Lieder aus der Menschenwelt, die Talia ihm beigebracht hatte. Die Musik ließ alle fröhlich sein, so waren sie schnell in Triono angekommen. Sie hatten sogar Glück, Igor lag mit seinem Schiff im Hafen. Die Seefahrt verlief ohne Ereignisse, alle genossen die ruhige Überfahrt. Das Einzige was ihnen immer noch zeigte, dass der verwunschene See verschwunden war, war die Stimmlosigkeit der Vögel und das es öfters regnete.

An so einem Regentag waren sie auf dem Weg zu dem Gebirge der Zwerge. An der Kreuzung mussten sie sich einigen, was sie machen wollten, übe den Pass oder durch die Höhlen zu den Zwergen.

„Ich weiß ja nicht, was ihr macht, doch ich werde zu meinem Volk zurückkehren. Um den See wieder hervorzuholen, dafür braucht ihr mich nicht", sagte Daghat.

„Ich habe auch keine Lust über den Pass zu gehen. Darf ich einen Vorschlag machen?", fragte Talia und schaute in die Runde. Alle nickten und sahen sie fragend und gespannt an.

„Falkon, Schattenfell, Hafu und ich werden mit Daghat gehen und die Männer der Garde gehen über den Pass samt den Pferden und dem Planwagen. Auf der anderen Seite treffen wir entweder gleich wieder zusammen oder spätestens beim Fabelwald".

„Das ist ein guter Vorschlag, so werden wir es machen. Dann hol dir deinen Rucksack und gib mir auch gleich den meinigen", bat Falkon.

Die Männer der Garde waren damit einverstanden, aber nur, weil Falkon es ihnen befahl. Im Grunde wären sie auch lieber durch die Höhlen gegangen, aber Befehl war Befehl.

Daghat führte sie durch die Höhlengänge zur Zwergenstadt. Hier gab es ein großes Fest, wo Daghat sein bestes auf der Gitarre gab. Alle waren begeistert von seinem Können und dem Instrument, jeder hätte es am liebsten einmal gehabt. Doch Daghat verteidigte die Gitarre zwergenhaft. Sie feierten, sangen und tanzten die ganze Nacht. Als Falkon, Talia, Schattenfell, sowie Hafu wieder aufbrachen, war Daghat geknickt. Er musste dieses schöne Instrument hergeben, welches ihn so viel Mühe gemacht hatte, es zu erlernen, wehmütig sah er ihnen hinterher.

Die Gruppe war ein paar Meter gegangen, als Talia sagte.

„Oh, ich habe was vergessen".

Mit diesen Worten lief sie auf Daghat zu und überreichte ihm ihre Gitarre. Daghat machte große Augen und eine kleine Träne der Freude rollte über seine Wagen und verlor sich in seinem Bart. Er kam gar nicht dazu, sich zu bedanken, denn Talia war schon mit den anderen verschwunden. Nach Bergstadt begaben sie sich nicht, sondern machten sich gleich auf den Weg zur Übernachtungshütte, wo sie erst spät in der Nacht ankamen. Hier trafen sie die Männer der Garde wieder, diese waren ein paar Stunden vorher eingetroffen. Es wurde eine erholsame Nacht.

Talia war froh, dass sie auf dem Planwagen sitzen konnte und Falkon freute sich auf sein Pferd, auf

Schustersrappen unterwegs zu sein, war nicht so ihr Vergnügen.

„Nur noch durch den Fabelwald und dann nach Minwood. Dort müssen wir den Magier Galon holen, bevor es in das Einhornland geht", sagte Falkon und gab seinem Pferd die Sporen. Talia hoffte so, dass ihre Reise und ihr Kampf gegen Batar nicht umsonst waren. Nachdem sie in Minwood ankamen, durften die Männer der Garde für ein paar Tage zu ihren Familien. Falkon, Talia, Schattenfell und Hafu saßen jetzt bei Kaja und Tristan im Garten. Talia überließ es Falkon, zu erzählen, was passiert war und das es tatsächlich Batar war, der den verwunschenen See verschwinden ließ.

„Jetzt ist Batar tot?", fragte Kaja.

„Ja, wir haben uns davon überzeugt. Er kann euch und dem Land nichts mehr antun", bestätigte Falkon.

Talia hatte bis jetzt kein einziges Wort gesagt. Sie saß nur stumm und in sich gekehrt da.

„Es tut mir so leid Talia, dass ich dir diese Last des Kampfes auferlegt habe, Ich hoffe, deine junge Seele leidet nicht zu sehr", sprach Kaja mitfühlend.

„Ich werde, nein ich muss einen Weg finden um meinen Seelenfrieden wieder zubekommen. Es gibt ein paar Augenblicke, wo ich es vergessen kann, daran halte ich mich im Moment", entgegnete Talia und sah Falkon liebevoll an.

„Oh sehe ich es? Haben sich da zwei gefunden?". Tristan grinste Falkon wissend an.

„Sieht man das so deutlich?" Talia und Falkon erröteten leicht.

„Ja, aber ich freue mich für euch. Durch die Verbindung von Carion und Sheila ist Talia meine Nichte. Und Carion ist wirklich dein Vater?", wollte Tristan weiter wissen. Fragende Augen waren auf Talia gerichtet.

„Ja das ist er", antwortete sie stolz.

„Nicht nur Talia ist jetzt, mit uns verwand, ebenso Juna meine Freundin aus der Menschenwelt, ist es. Nur schade, dass Juna es nicht mehr erfahren konnte. Ja Talia, ich habe erfahren, das Juna mittlerweile verstorben ist", meinte Kaja dazu.

„Es ist alles gut, das wussten wir ja schon, als ich nach Mintora kommen war, dass ich Uroma nicht wiedersehen werde. Weißt du, ob sie geruhsam eingeschlafen ist?", Talia sah Kaja fragend an.

„Ja das ist sie, wie mir berichtet wurde."

Talia nahm es gut auf und zeigte sich stark, doch in ihren Inneren fühlte sie Trauer. Doch für Trauer war jetzt keine Zeit, ihre Aufgabe den See und die Einhornkinder wieder zurückzubringen, war noch nicht erledigt.

„So jetzt zu unserer Aufgabe. Ich glaube, wir sollten nach Galon rufen", bestimmte Tristan.

So schickte er einen seiner Wächter los, um den Magier zu holen. Es dauerte eine Zeit, bis er endlich auftauchte. Der Kräuterhändler hatte sich total geändert. Vorher hatte er seine Magie nur im Verborgenen ausüben können, doch jetzt hatte Kaja und Tristan die Magie als ein Beruf ausgerufen. Gegenwärtig konnte Galon mit Stolz, seine Magie zum Guten für das Feenland einsetzten.

„Ihr habt mich rufen lassen. Was kann ich für euch tun?", fragte Galon.

Elega ja nurito vin genda ma ritox

„Wie du siehst, sind Talia, Falkon und Schattenfell zurück. Jetzt ist deine Magie gefragt. Wir möchten dich bitten mit Schattenfell ins Einhornland zu gehen, um den verwunschenen See wieder hervorzuholen. Batar der ihn verschwinden ließ, ist tot", erklärte Falkon den Magier.

Ein freudiges Lächeln ging über Galon sein Gesicht, er war froh, endlich etwas gut machen zu können.

„Ich möchte auch mitgehen um diesen See zusehen, der so wichtig für das Feenland und den Einhörnern ist", wandte Talia ein.

Kaja nickte zustimmend.

„Dann lasst uns los, wir wollen die Einhornkinder befreien, wer weiß wo sie die ganze Zeit waren", entgegnete Talia und marschierte durch die Tür.

Falkon, Galon und Schattenfell liefen ihr hinterher. Schnell hatten sie Talia eingeholt, Falkon nahm sie an die Hand.

„Nicht so schnell meine schöne, hast du eigentlich bemerkt, dass wir schon Abend haben. Wir können ja in Carions Hütte übernachten und bei Sonnenaufgang gehen wir sofort los", sprach Falkon ernst.

„Oh, ja, du hast Recht. Ist das in Ordnung für dich Schattenfell?", wieder sah Talia ihn fragend an.

„Ja, in der Nacht im Einhornland anzukommen ist nicht so gut. Ich würde lieber bei Tageslicht durch die Nebelwand schreiten. Wir sind dann auch viel ausgeruhter", entgegnete Schattenfell.

So blieben sie die Nacht in der Hütte und machten sich früh, die Sonne war erst am Aufgehen, auf in Richtung des verwunschenen Sees. Es dauerte bis zum Nachmittag, bis sie vor der Nebelwand standen. Jeder der kein Einhorn bei sich hatte und etwas Böses im Sinne hatte, den würde die Nebelwand nicht hindurch lassen. Sie hatten aber nichts Böses im Sinn und hatten trotzdem ein Einhorn mit, so kamen sie alle auf die andere Seite und waren im Land der Einhörner.

Talia war über diese Schönheit des Landes überwältigt. Es gab ein kleines Wäldchen, eine große Wiese mit unzähligen Blumen, sogar ein Gebirge war zu sehen. Doch in der Mitte der Blumenwiese da gab es dieses schwarze Loch, welches der verwunschene See gewesen war. An seinen Rändern standen vereinzelt Baumreihen. Wenn man sich drehte, sah man am Horizont die Grenze des Landes, die Nebelwand.

„Galon, jetzt seid ihr dran, ich hoffe, ihr könnt das halten, was ihr verspracht".

Falkon sah Galon, auffordert an. Dieser nickte und begab sich nah an das schwarze Loch heran.

Er breite seine Arme mit den Handflächen nach oben aus und rief.

„Elega ja nurito vin genda ma ritox".

Galon wartete einen Augenblick, doch nichts passierte.

„Ihr habt gelogen. Ihr könnt es nicht", beschimpfte Talia ihn.

„Doch ich kann das, aber Batar seine Macht ist noch zu stark für meine Magie, wenn ihr mit mir zusammen diese Magie wirken würdet, sollte es funktionieren", verteidigte sich Galon.

Talia war zwar skeptisch, aber sie stellte sich an Galons Seite. Die Worte der Formel hatte sie sich gemerkt, so sprachen sie zu zweit.

„Elega ja nurito vin genda ma ritox"

Durch Talia ging ein Kribbeln und sie fühlte sich ausgelaugt, diese Magie zog an ihre Kraft. Erst hatten beide Magier gedacht, dass es nicht geklappt hat, doch dann erschien ein helles Licht, heller als die Sonne, durchflutete das Land. Sie mussten ihre Augen schließen, so grell war dieses Licht. Es dauerte einige Minuten bis es erlosch und sie alle vorsichtig ihre Augen öffneten, konnten. Talia traute ihren Augen und Ohren nicht.

Sie hörte Vögel, wie sie ihre Lieder in einer Lautstärke, die sie den Vögeln nie zugetraut hätte, zwitscherten und sie sah viele Einhörner, so groß wie Schäferhunde in der Menschenwelt, die am Seeufer standen. Das mussten die Einhornkinder sein. Talia war so begeistert, dass ihr es jetzt klar wurde das sich alle Mühen, die sie auf sich genommen hatten sich gelohnt haben.

„Olina, Kind wo bist du? OOOOOllliiiiinnaaaa", rief Schattenfell.

„Hier, hier bin ich" rief sie zurück.

Von ganz hinten kam Olina hervor. Sie war schneeweiß und hatte eine schwarze Mähne und

Schweif. Talia blieb der Mund offen stehen, Olina sah so schön aus.

Schattenfell stürmte auf Olina zu und blieb dann neben ihr stehen, sie berührten sich gegenseitig, in dem sie ihre Köpfe auf den Hals des anderen legten. Olina war die Größte der Einhornkinder, da sie fast ausgewachsen war, war sie beinahe so groß wie Schattenfell.

„Wo ward ihr?", fragte Schattenfell.

„Wo sollten wir denn gewesen sein? Wir waren wie immer um diese Zeit hier beim verwunschenen See", antwortete fragend Olina. Sie schaute ihren Vater verwundert an.

„Aber ihr ward über Monate verschwunden, genauso wie der See!", erklärte Schattenfell. Olina konnte es nicht wahrhaben, für die Einhornkinder sind nur ein paar Stunden vergangen, seitdem sie an dem See kamen. Keiner konnte es erklären, warum das so war, man entschied, dass es mit der Magie zusammen hing. In der Zwischenzeit waren die anderen Einhörner aufgetaucht und nahmen freudig ihre Kinder in Empfang. Viele bedankten und verabschiedeten sich von Schattenfell.

„Vater, warum verabschieden sich die anderen von dir?", Olina war irritiert.

„Ich musste unser Land verlassen, um euch zu Suchen und du kennst das Gesetz. Jetzt wo ich weiß, dass es dir gut geht und die Kinder alle wieder da sind, muss ich dich verlassen", sagte Schattenfell. Er ließ Olina gar keine Zeit etwas dagegen zusagen, er galoppierte einfach weg, weg durch die Nebelwand. Doch Schattenfell hatte nicht mit der Liebe und dem Eigensinn seiner Tochter gerechnet, sie lief ihm hinterher. Talia, Falkon und Galon verließen ebenfalls das Einhornland.

„Nein Olina, wie konntest du nur", rief Schattenfell entsetzt.

„Vater, ich will dich nicht verlieren. Wir sind doch eine Familie, wir haben doch nur uns. Ich kann dich nicht alleine lassen", sagte Olina und sah ihren Vater flehentlich an, dass er sie jetzt nicht verstoßen möge.

„Ach Olina, du dummes, dummes Kind, jetzt darfst nur noch einmal in dein Heimatland. Ich bin doch nicht alleine Olina, meine neue Partnerin wartet auf mich und unser ungeborenes Kind, aber du wirst gegenwärtig ohne einen Partner mit uns im Wiesenland leben müssen", entgegnete Schattenfell.

„Vater bis ich mir einen Partner suchen sollte, werden viele Jahre ins Land gehen. Wer weiß, vielleicht findet sich ja einer außerhalb der Nebelwand oder ich suche mir einen, der meinetwegen gerne das Einhornland verlässt", erwiderte Olina.

Schattenfell schaute trotzdem etwas traurig auf seine Tochter, dann wandte er sich an Talia.

„Liebste Freundin, sagt bitte der Königin meinen Dank, dass sie in unserer größten Not für uns da war. Auch dir will ich danken, denn ohne Dich hätte ich Olina niemals wieder gefunden. Ich werde Morgen, in der Früh, mit Olina zum Wiesenland aufbrechen".

Talia war etwas traurig, aber sie verstand Schattenfell, dass er so schnell wie möglich zu Fleckchen wollte. Kaja fand es schade, das Schattenfell sich nicht persönlich verabschiedete.

„So, das Land ist wieder, wie es sein sollte. Der verwunschene See und die Einhornkinder sind wieder da, Batar ist endgültig besiegt. Jetzt ist nur noch eins zutun. Wir brauchen einen neuen Jäger für den Minwoodwald", sagte Kaja.

„Wenn ihr nichts dagegen habt, würde ich diese Aufgabe gerne übernehmen und wenn Talia einverstanden ist, werde ich bei ihr im Wald leben. Ein neuer Kommandant für die Garde ist schnell gefunden, da gibt es mehrere, die dafür tauglich sind", wandte Falkon ein.

„Das freut mich Falkon, so betreue ich euch mit der Aufgabe des Jägers", Kaja hatte ein Lächeln im Gesicht. Sie sah zu Tristan, der nur nickte.

Im ganzen Land herrschte wieder das Glück, alles hat sich zum Guten gewendet und Talia sah ihrem Glück mit Falkon entgegen.

Ich bedanke mich bei Euch liebe Leser und hoffe, dass das Abenteuer von Talia euch gefallen hat. Ich würde mich freuen wenn Ihr ein Feedback auf meiner Facebookseite hinterlassen würdet.
Petra C. Melzer